# 始於
# 渺小

**From very small beginning**

by 無常言葉集
MUJOKOTOBA

這是Mujo。是一個、軟軟、呆呆的、喜歡玩溜溜球、不知道是鹿還是樹還是影子的小東西。這裡記錄他的日常和閒扯蛋。他知道的小故事。散步的風景。他的回憶和世界觀。

This is Mujo. Lazy, cozy, like to play yo-yo, do not know whether this little black creature is a deer or a tree, or a small shadow. Here presents Mujo's daily and small talks. The stories he knows. The scenery of walking, memories, muse, and world view.

書<**始於渺小**>、是和貓一起/渡邊與鴨嘴的春日遊記/街道、豆子、月亮/星體A朝向星體B加速隕落的時候(一至七):共十個小作品的集合體。是、小思想和雜談、是散文和詩、也是小說。是療癒的、有意思的、禪與美的意境與冥想作品集。

找Mujo的書、畫、商品、任何感想和需求、可以去Mujokotoba的網站及Society6的商店看看。或者、寫信至我的電子信箱。

The book ***From Very Small Beginning*** includes Mujokotoba 2019 published books: Days with the cat/Spring travels of Watanabe and Ducky/Rues, Bean, Lune/When the Star A accelerates to the Star B(1~7). It is a collection of small ideas, jottings, also poetry and novels. This is an interesting, healing, zen meditation and beautiful Chinese literary work.

Publish in 4 covers : Rainbow, Jade, Night, and Day.

To find Mujo's books and art prints, you can go to Mujokotoba's website or Society6 store. Any comments and requests, please email me.

MUJOKOTOBA website :
https://mujokotoba.webnode.tw

MUJOKOTOBA on Society6 :
https://society6.com/kerriliu

MUJOKOTOBA on BLURB :
https://www.blurb.com/user/TearsLuka

EMAIL : pieces711021@gmail.com

無常
言葉集

和貓一起

DAYS WITH
THE CAT

BY MUJOKOTOBA

1

# 虎是

## 虎斑的虎

不明白的事情、比如：為什麼對人吹牛。沒有為難人的意思、也沒有非要讓人明白什麼。有的時候有鬥志。有的時候焦躁煩惱。有的時候和人話不投機。

為什麼有記憶。努力、可是不怎麼酷的日子、非常多。說好聽的話、說一點謊。也不明白手肘、這種東西。查抖抖語字典、思想這個詞散見如：藥物處方、經濟學的條目底下。一個簡略的定義是：水槽內壁。以及類似冷的、乾硬的鍋巴、那種東西。

有的時候是好戰的。有的時候說話、不對誰說也不對自己說。比如、說、這麼做好嗎。接下來再攪拌一下就可以了吧。鬆鬆散散的語言脫口而出如呼吸吐氣、脫離腦袋變成外在空間一部分。好像它有自己的意識。好像它有自己的思想。不知道為什麼。

煩惱不能做什麼應該做什麼。能不能拿出當下你最需要的東西。想：怎麼給人直覺、和勇氣。怎麼給人繼續嘗試的力量。怎麼證明、除此之外必然存在不一樣的辦法。不明白人生。不明白魚和熊和人生、怎麼混著談。

怎麼表達、不失禮。也不明白為什麼有人說、生活是邁向死的過程。同個時間、在你不知道的角落有個誰、代替你照顧一個細節長短稍有不同、結果徹底翻轉過來的失敗者的人生。有個誰、代替你空虛、感受沉默、與敬畏。

為什麼說、自己人生自己決定。退得遠遠、走開了。不明白。比起評斷、有的時候退讓是不是更加失敬。

說討厭的話。被訓斥。有小氣的時候。嚴厲的時候。有來不及補救的事情。視力和鬥志、有沒有關係。想過去未來、現在、想好好記住這些和那些、好比、每餐多吃一口久而久之胃袋撐大了、記性連同食量都變得太厲害的時候、怎麼辦呢。

不能確定。也不知道怎麼確定。為什麼越是除不盡的多數、在有限的意識空間、越是微乎其微。有靈感。得意的感覺。不明白道理。現在決定做的事情是、以後必定會想念的事情。然後也想起來、再也觸碰不到、可是依然掛念的東西。

也不明白自己是什麼。世界是什麼。怎麼表達、定義、不失禮。怎麼有人想要改變世界。怎麼有人夢想環遊世界。讀電視機的歷史、燈的歷史、然後想、也許所謂的世界、只不過是麻煩的集合體。

被安慰的同時也討好了人。不對勁的感覺和好的感覺、卷的感覺攪和在一起。今日。眉毛胳膊腳趾頭也好好的連在一起。發現：今日也好好的衰老了不是不幸中的大幸而是超級幸運。最想要幸運。有的時候想要贏。也不明白兔子。水床。有的時候笨、可是有鬥志。

可是心是什麼。一個思想的定義是：剩菜料理。嘗試解決問題。失敗、明白失敗的同時、另一個可能的解法誕生。不明白道理、被安慰了。然後決定今日、與其好好的認識自己、不如開始學習好好的觀察人。

也不明白、明明說對了的事情、實際上做出來卻是另一套道理。有的時候、是虛弱的。虛弱的時候、想到胡麻醬和煎餃子。想起來、一種理想生活的定義是：乾淨的水、乾淨的空氣、有安心曬太陽的地方、有空歡喜和無事忙的時間。

被人說：腦袋空空、沒有深度。不明白意思。為什麼有放在腦袋裡想像、比說出來更好的事情。為什麼有人、想要飛。比起變成鳥、空中、供鳥兒歇腳發呆的纜線、是不是更好理解呢。然後明白了所謂的天空只是一個詞。所謂的天空並不存在。

說不定大氣層以外幾千萬光年、遙遠星球上有個誰看著我們、以為是神奇奧祕的天空深處。說不定有打鼓的才能。說不定有值得幫助的地方、有、讓人羨慕的地方、能留下來、可模仿的東西。也有：不可複製流傳、只能隨肉身一起消逝的東西。

有的時候腳軟軟。意識不到生活的重量。有的時候只想坐下來、好好的研究膝蓋、這個東西。被人誤會。沒有為自己辯解、非常失敬。有的時候愛慕虛榮。有的時候忘記、重要的東西。然後發現、願意接近自己的人、共通點是厚臉皮、短腿、喜歡水餃還有蛋料理。

知道是閒扯蛋。可是不覺得有不能相信的地方。有認輸的時候。羞愧、不敢直視別人的時候。沒有援助。不被理解、是不是、自己未能善盡表達的責任。怎麼評斷、對自己不失敬。

## 2

## 爪子與
## 梨子

看一個人、不怎麼重要的樣子。可是有鬥志。有的時候想、與其被記得更想要被遺忘。不想被記住的是：能說出來、能寫下來的事情。如果沒有下輩子、也沒關係。沒有奇蹟、也沒關係。

不明白的事情還有、越是期待回報、越容易敗興而歸。使勁全力耍帥了、可是看起來又笨又矬、是不是也沒關係。最後兩手空空是不是也沒關係。分不清楚、是因為魔法的幫助來到這裡、還是不知道在哪裡的某個誰為你創造了、一個讓人相信魔法確實存在的地方。

說不像自己說的話。為什麼呢。也有：想不起來的事情、在別人的記憶裡牢牢鞏固了。對別人的人生、產生緩慢的、大的影響。出於同個目的、一個從結果想回來一個從原點再想出去。兩種作為如何不同。不明白。可是知道不是只有惡會捲土重來。

比如：勞碌與社會怎麼混著談。膽小、麻木的地方、被人認為是成熟與成長。有勇氣、不知道來自哪裡。無知的時候。軟弱的時候、沒有場合能夠表達。想的、

和說出來的話、不一致。理想和
現實怎麼時常分開來談。怎麼給
人餘興和安慰、但不失敬。

被相信。不知道理由。同個時間
不知道的地方有個誰需要幫助。
不知道怎麼說。不知道什麼應該
說。久而久之那分渴望閒置下來
比天上的星星、比書裡的神更沉
默。然後明白了。思想是支撐你
活著自誕生以來付出金錢與資源
換取的時間。

思想是晚餐後、身體的消化系統
獨立於自我意識的不流汗運動。
想：只有自己這麼做無力改變什
麼。儘管沒有惡意。可是讓人傷
心了。怎麼辦呢。

病奄奄。可是有鬥志。想一點差強人意的事情。糟糕的事情。是什麼、招來暴力與空虛。為什麼有的時候高高在上。有的時候好睡、有的時候渴。有的時候也不明白火、這種東西。

不明白的事情、比如：以為委屈的事情實際上不如想像的委屈。又比如卵、這個東西。輸送它、溫暖它的管線與容器、是不是更好理解呢。那麼也許、思想就是火。思想是滑板運動。跳馬與匍匐。時間終了不得不鬆開的卷卷的拔河的繩子。

好像發現新的道理。好像發現超乎想像的事情。是不是因為熱氣已經好好的排泄出去的關係。是不是因為、做菜的邏輯、耳窩的毛、順順的關係。聰明很好。可是、能不能只在那個地方、那個時候、聰明一下下就好呢。

想著應該是討厭的事情真的遇到了、反而不覺得討厭、那樣的日子也有。有的時候也覺得、南瓜這種東西、很了不起。

也不明白。牛和馬和人的工作、怎麼混著談。為什麼凡是思想、只有自己能理解。看自己的腳、被安慰了。也有：從前討厭的事情、某一日莫名其妙被某個誰的觀點逆轉了。不生氣了、可是、還是想不通生氣的道理。想著、可能幸福的辦法、算不算是幸福呢。

嚮往的事情有。想做但不一定非得做的事情有。想規律的事情、涼爽的味道、被安慰了。不明白為什麼對人說：放心吧沒有未來還有過去。

思想這個詞散見如、數學與畫、藥理、人體構造學條目底下。比如水的三態、過山洞耳鳴、正式演出前的細部調音。和弦練習。其他有意思的解釋、比如、小睡時候眼睛的弧線、數字零與一之間倒過來讀兆的平方。

家是什麼。不明白。有的時候也分不清楚那就是正義、或者是見多識廣。做那件事也不是那麼義無反顧。只是剛好有時間、有體力、剛好沒別的事情好做。解決一件小事、更多麻煩接踵而來、不明白為什麼。

也有：聽起來不那麼順利的事情實際上經歷了感覺很好、那樣的日子。有好看的時候。有哭的時候。有害怕孤單、故意看扁人的時候。為什麼凡是生存之道、只有自己以外的人能理解。也有：實力不足被取笑、被當作茶餘飯後消遣的日子。

# 3

# 圓的背

有不明白的道理。感覺、被安慰了。平凡沒關係。俗套沒關係。如果最後被記住的、只是那麼一點刻板的印象。沒關係。想起來一種心情、類似、寫了很好的賀年卡被當成飯鍋的墊子。說好聽的話、被突如其來鞭炮聲蓋過。也想起來、有推卸責任的時候。有冷落人的時候。

然後明白：有些事說不定只能交給小狗做決定。為什麼多得是、讓人分心的東西。半途而廢、被訓斥了。也不明白什麼是自由。這麼做好嗎。有沒有用呢。有沒有意義呢。要不要問問誰的意見呢。像這樣子那樣子、叨擾叨擾煩惱的同時、手腳眼睛卻已經輕鬆愜意地做起來了。

有的時候、特別在意臉部平衡。走路。能不能走直線。然後明白一點腎上腺素的事情。想：沒有手腳的日子。假想有一天失去視力、失去語言、失去高度、失去記憶。假想。有一天武器沒有、同伴沒有、立場沒有、終於落單的時候。

也曾經假裝萬能。替人出頭結果惹來更多麻煩。兩件小事、說不定、只能交給屋頂上畫風景的老爺爺做決定。有遷就小惡、落井下石的日子。處於下風的日子。知道不正當卻理所當然視為常態的時候。退到一旁不動聲色看人犯錯的時候。

不明白。以為渺小等同無能為力以為偉大等同改變世界。說人生來平等、因此煩惱也一概相同。想到人說、我和你沒有不一樣、就覺得討厭。

有不想辜負的人。有捨不得的東西。為什麼有的時候後知後覺。有的時候、取笑人。有的時候、看銀粉和金盞花、被安慰了。有沮喪的感覺、同時也有鬥志。不知道為什麼。有必須站出來、為別人選擇的時候。用四十年、五十年做好一件事、被認為是不可思議的。為什麼呢。

認錯。即使無人在乎。又是一個不知道怎麼和自己交待的日子。又比如、食慾太好、導致對其他的事情一概無興趣、怎麼辦呢。

日日生活的地方發現從前看不見的景色。於是、和鼻子有關、和肺有關的事情、換個角度考慮。

想：多練習、就能上手的事情。比如、好好的寫黃鸝鳥三個字。有的時候、好像被捏著臉、眼睛暈暈、下巴燙燙、說話糊糊的。寫字歪歪抖抖的樣子。也有、好像牆頭草哪邊風大哪邊倒、沒有意思趨炎附勢、只是恰好立於立場善變的位置、那樣的日子。

厭倦的事。比如、發現某個理論近乎全面切合現實。比如、膽子大、想到什麼立刻付諸實行。有的時候、意識裡面阻塞和僵硬的地方、被蒸蛋糕和涼糕化解了。

也不明白、雜念和蚊子、兩種東西。有的時候認真說話。聽者那端像不見真身的粘菌。恍恍然。搖晃他的菇蓋子。卷卷細細的菌絲。不明白、聽是聽見了。只不過、不知道把話帶去哪裡、帶給誰了。

低聲下氣、可是有鬥志。被訓斥的同時、幫人解惑了。腳力尚可頭腦尚可。有的時候、有被拋棄的感覺。被想念的感覺。也知道對這個人而言、沒什麼不好意思的事情、比如、說早安、比如唱歌、換到那個人身上大不容易。

有不明白的道理約莫是好的事。懂得安慰人、不遲到、懂兩種、一種、讀書的方法、討好長輩的方法、約莫是好的事。想起來：打扮和平常一樣、說話和平常一樣、閒散的程度、和平常一樣、可是不知道怎麼了特別容易被喜歡、被稱讚、那樣的日子也有。

有的時候、很窩囊。怎麼反省、對自己不失敬。怎麼讓人偶然的想起來。每次回想、都有一點不同的印象。有的時候、只做擅長的事。為什麼呢。為什麼害怕禮儀、不怎麼高興的時候、身邊的人心情正好。有的時候做事、拖拖拉拉。有的時候迷戀藍色。

碰軟釘子。感覺不對勁可是感覺很好。不明白。怎麼有人想變成風。只做自己擅長的事、久了、什麼心情。比起牆本身、牆上掛畫的釘子是不是更好理解呢。喜歡的人不告而別。喜歡的短袖肩膀破洞了。儘管結局不如預想圓滿、明日的太陽依舊照常升起。

## 4
## 右
## 耳朵

也有佔人便宜的時候。和人意見一致、可是感覺不怎麼好。也有替人圓謊的時候。想：交友廣闊雖然很好。可是更想變成誰的父母。接著想、本來沒那種意思、莫名其妙自然而然、發展出那種結果的事情。比如：椅子、一本書、椰子、魚、一首椰子的歌。

有的時候更想變成貓的孩子。貓的水碗。邊邊長青苔、貓走的小路。不知道為什麼、去年這個時候想通的事情、現在又不懂了。

覺得孤獨。是不是學習怠惰的關係。是不是對常理、有誤解。有的時候嗅覺很好。有的時候、血液回流順暢。想：很久以後變成老奶奶也想要被誰狠狠地訓斥。也想要聽見誰、對自己說、小孩子懂什麼呢。

不明白、創造和破壞、怎麼時常混著談。非常在意的事情無法明說、怎麼辦呢。非要等人開口、才幫忙、為什麼呢。說人的心深不可測。說人是善惡的綜合體。聽著聽著左耳進、右耳出。說、這個或者那個如何決定呢。說得好像時間猶如探囊取物的囊中物一般。

也不明白樹、這種東西。有的時候懂一點餓的事情。說人的缺點等於他的優點、聽著聽著、左耳進、右耳出。也不明白為什麼明明在場、卻被當成空氣。好處分不到、說起難為情的、皺眉頭的事情、第一個被想到。知道是敷衍、也想要被稱讚、被關心、那種日子也有。

為什麼、有人說自己一無所有。不知道遭遇什麼。不知道什麼心情。說付出不求回報。不明白、兩件事情、怎麼混著談。為什麼有、齊心協力維持你的生活、卻被看不起的東西。

有的時候像一根站立的針。不知道怎麼這樣子形容。有的時候看自己、有被娛樂的感覺。因為似懂非懂、因此有鬥志。因為很想要某個東西、結果空手而回、為什麼有那樣的日子。也對人說道理。很久以後才發現那正是自己應該做、可是沒有想到的事情。

然後、明白一點食蟻獸、這種生物。明白了食之無味的東西、存在的必要。讀名人推薦、有討厭的感覺。有的時候被相信。被相信的同時也被愛護與探索。想：對討厭的人、說討厭的話、後悔了、那種心情。彷彿身在水簾洞被猴子指指點點、那種心情。

也不明白豆這個字。無助的時候苦惱的時候。感覺孤立的時候、請去幫助人。不明白的事情、比如怎麼理解一隻蟾蜍如何無中生有、離開密林、沼澤、穿越鄉村都市來到眼前、也許只有短短一日清晨。出於理解目的、在嘗試理解過程中有所表達與創造、約莫是好的事。

為什麼有味覺。記憶。飄浮感。無話可說、可是感覺很好。能與不能之間說不定存在不那麼兩全其美但是絕對可行的辦法。被人當作、敗的範本。不確定、是不是好的事。讓人忍不住數落缺點了、是不是失敬的事。同個屋簷下讓人感覺孤立無援、是不是失敬的事。

嫌麻煩、各種事情套用一般論、有那樣的時候。也不明白同學會和青春期、兩種東西。為什麼哭有原因。比如有誠意。愛意。再加上、大筆大筆金錢、仍然無解的事情。不明白。

很久以前聽的故事。是、尋菇、乘雲、靈魂交換。結局沒什麼道理、也許單純是下場不好。也想起來曾經被人說心軟、無論做什麼、最後都會一事無成。

怎麼會有心碎的時候。為什麼有光用想的就覺得痛的事情。想要領悟。具體來說不知道目標、在哪裡。可是有欲望。也能走路。也能綁鞋帶。也會洗浴缸。或者排書。或者拉手煞車。群體活動力是不是和美術成績大相關。和膝反射大相關。看天竺葵、和太陽、被安慰了。

也不明白水。和小時候比起來變簡單的事情、不是也有嗎。說人獨立成熟、不需要幫助、是不是失敬的。虛榮的時候。為反對而反對。為什麽勤快。為了什麽奮鬥、然後、被惡人訓斥了。懂一點什麽是煙、和無道理。

**5**

**圓的**

**眼睛**

有好奇。嫉妒心、還有熱與冷與餓肚子的感覺、是不是幸福呢。

為什麼自卑。為了什麼理虧呢。也許問題在於沒有才能。也許因為、世界本來就是不公平的。

沒有朋友。喜歡收信。不明白道理。有的時候有功勞。有的時候害怕被說笨。迷信奇數。做事、說話、走路、想要營造聰明的樣子。看兒童安靜的樣子、有點心事、笨拙、可是溫柔的樣子。看老的人學習、睡眠、變老、被安慰了。

問人懂意思了嗎。不給人時間想懂了什麼或者根本不懂。是不是失敬的事。為什麼做白日夢。想通的事情時常一瞬間、像浴缸水糊糊暈暈、不知道卷去哪裡了。

有的時候、想要變有名。也有爭不過人、因此裝出很兇的樣子。有和平認輸的時候。也有偷懶、被發現。也有、再怎麼困難都不回頭的決心。

不明白的事情。比如、為什麼一定得知道怎麼區分什麼是幻想。什麼是真實。如果說純粹幻想不是真實也不盡然。儘管存在許多無懈可擊的現實、也並非理所當然如此。有的時候、想把力氣用光。隨波逐流沒關係。壞的日子很長、沒關係。總之、今日也一步一步前進了。

為什麼一定得知道怎麼區分什麼是好的日子。什麼是壞的日子。有的時候心情正好可是不怎麼願意讓人知道。有的時候心情疲倦怎麼掩飾都隱藏不好。不明白為什麼。

有計劃。但是、似乎會做出恰好不同的東西。有的時候耳朵裡面有敲木頭的聲音。明白有些事情做不來。有些事情隨手做了、被說很勇敢。有卷的感覺。像、抱溫溫的滷肉鍋走在路上。還有、也不明白為什麼這個地方有閃亮亮的、像指頭那樣小的小桌子、和長板凳呢。

今日有雜念。今日被說是雜魚。不明白。比起雜魚本身裝雜魚的小缽、是不是更好理解呢。有害羞的感覺。有想法。私生活。話說不好。找安靜的地方、反省本意、初衷、用字和表達方式。

笨手笨腳、可是事事稱心如意、那樣的時候也有。說、小時候做起來簡單的事情、長大莫名其妙變複雜了。為什麼呢。複雜的事情、一直都是複雜的。不明白。有失落感。同時、也有解脫的感覺。

也不明白貓這種東西。為什麼、是貓呢。如果、沒有稱頭的社交話題可說、怎麼辦呢。安慰人切勿多想、其實是自己的愚鈍和輕浮導致對方緊張了。

有的時候最喜歡面子。不明白、自尊心和做事、怎麼混著談。面子和身體和相貌怎麼混著談。有的時候古板。說人是非被訓斥。好好做事了。不那麼一絲不苟。也不是完全敷衍了事。然後明白了一個道理：相信書不如相信熊的眼睛。

出於善意、做事情。做過頭了讓人傷心、怎麼辦呢。聲音被記住了。走路的樣子和討厭的東西、被記住了。讓人好奇的地方、還有喜歡的調調、被記住了。不知道理由。說不定只是拿來想想。沒有別的意思、沒有作用。不明白道理、被安慰了。

因為有執迷的事情因此有鬥志。因此懂一點人的事情。也不是喜歡裝出一臉憂愁冷漠的樣子。也不是所有浮誇的歡樂都是虛情假意。

為什麼有人想回到年少時代。不明白。有起了頭、收不了尾的事情。沒有用處可是喜歡。為什麼呢。為什麼有卷的感覺、和榮幸的感覺。不知道出自哪裡。什麼原因。總之、今日也好好的變老了。

## 6

## 11歲

## 不知道媽媽

## 在哪裡

關於世界。一個簡略的定義是：卷的。靜的。不動的東西。沙漠旅行、變故與災難與出生。也不明白鍋子、這種東西。有做不完的事。有妄想。美的事、和傷心的事。不是自己的世界、是自己與別人一起組成的世界。想起來被人說：有走平衡木的才能。不知道為什麼。

看桌子的角角、感覺被安慰了。有的時候討厭：努力一下、再一下就好、兩句話。有的時候、有一見鍾情的感覺。不明白。也許是彎路走多了、也許單純是肚子餓的關係。總之今日、時間也好好的前進了。

為什麼人需要夢想。比如人需要魚、椅子、需要燈和語言、是知道的。查抖抖語字典、夢想這個詞散見如、食品科學、基礎邏輯學、建築工法條目下。一個常見的定義是：六百西西的影子泡泡水、煮開。過程中依個人喜好加入牙垢、菜渣、油脂。樣子是卷的東西、什麼都可以。

完成作品拿去谷地的老骨頭福利社。換一個：有彈性、可捏玩、舒緩疲勞的幽綠色東西。一個簡略抽象的定義是：普遍知道、但是沒有人做的。不是自己的、是借來的。關聯詞有：空氣、分母和鍋子的柄、餘這個字。不明白道理。也不知道老骨頭福利社去哪裡找。

分不清楚那是勇氣、或者那是一種體貼的、說再見的方式。有約定的事、沒做到。也許是鈣質个夠、忍耐不夠。場合不對、不夠聰明。是不是根本的問題在於：沒有上進心。有、即便是多餘、也要厚著臉皮去做的事情。有輕浮的時候。有輕視人和被輕視的時候。

也被好好的照顧著。今日也被、暗中奔走疏通障礙的誰拯救了。有靈感。懂一點家的事情和介詞的用法。從今天起決定和什麼什麼一起生活下去、那種心情。發現說話小聲、以致對方必須靠過來聽、那種樣子、感覺很好。不知道為什麼、有被娛樂的感覺。

說好的話。說一點謊。嘗試保護那個東西。嘗試過了、失敗。有空的感覺和暈的感覺。能不能彈一個響指、身體啪啦啪啦長出翅膀。沒有力氣。可是還有一點虛榮心。為什麼呢。

也發現壞的東西。已經沒有傷害力。也沒有能被傷害的目標。剩一點幻想和記憶。看自己的手、懶洋洋。被安慰了。有好的感覺和不對勁的感覺、說不定是黃瓜和胡椒吃多了的關係。腦容量是不是擴大了呢。可是、能夠明白的道理沒有更多。為什麼呢。

不明白。為什麼那個地方不是平的。不是高的。為什麼最後變成一個洞。卷卷的很安靜。有的時候、讓人想起來、苦惱的事情和丟臉的事情。有的時候讓人、走路搖搖晃晃。有的時候、讓人想起來幸福的事情。非常得意可是絕對不能和別人說的事情。

也不明白鳥、波浪與光。感覺達成了什麼、不全然是靠自己。仍然不明白時間和世界。什麼形狀重量如何。以前的樣子如何。現在的樣子如何。有沒有永遠不變的東西。想、不明白、然後分心了。

有小的感覺。失敗感。是不是胃脹氣的緣故。是不是長久、生活在地震帶的緣故。有的時候、想變成鈴蟲。比起鈴蟲本身、用來裝鈴蟲的籠子、是不是更好理解呢。

不明白的事情。比如：為什麼森林呆呆的。河卷卷的。為什麼粗魯。想變成：電視遙控器的返回鈕。想說、去哪裡才能討教一點熊的思想。

嘗試組合什麼。捏捏揉揉。變成類似飯糰的成品。想說話。不知道什麼可以說。不明白語言。不明白人生。以為遺失的東西深夜返還。壞掉的東西修好又壞掉。長大的東西兩個月後、再量一次縮水了。

有可惜的感覺。閒扯蛋的靈感。也有鬥志。淺淺的、不太多、拿來磨練這樣小的腦袋、這樣小的身體、是足夠的。仍然不明白心是什麼。怎麼衡量長寬、速度、重力、顏色與觸感。不可知的內在。不是完全不能理解。想從正確的角度看它。而不是輕浮地碰撞它。

不知道做什麼好。不知道做什麼才是對的。疲於思考的時候、就去散步。然後不知不覺變成別人的靈光。不明白道理。可是被安慰了。有的時候喜歡星期二。有的時候喜歡深鐵色。

貓離開以後、藍色星球繼續轉。下過雨。去島的南邊、看珊瑚。海獅和陸蟹。山好好的。小樹的葉子掉一些、重新長。睡的地方和曬太陽的地方、好好的。買新拖把。廚房也好好洗過。發呆的地方和玩的地方、都好好的。有的時候想球的事情。有的時候想熊和天牛的事情。

無常
言葉集

渡邊與鴨嘴的春日遊記

SPRING TRAVELS
OF WATANABE
AND DUCKY

BY MUJOKOTOBA

## 1

## 抵達

## 小屋子

兩個旅人。一個是東方的少女、一個是不會長大的幼小的獸。在車站。站牌歪歪的立在屋頂上。清晨。月台有流水。紅色的螢。時刻表的發車時間塗掉了。佈告欄貼飛賊的畫像。耳朵有雪、燈泡裡面有雪。

少女走前面、幼小的獸走後面。黃色、和紅色的螢、在中間。少女穿斗篷。獸戴小豆色帽子。往南。景色一片平坦、遼闊、乾淨又清朗。

皮箱掛杯子。釣竿。抽屜裡面、有菇和鹹魚。鹽、胡椒。豆油和針線。蠟筆短短的、像石頭。手帕的顏色是勿忘草。旅行的目的是：學習寂寞、學習成為一位紳士、濾出心地、以及過程中的雜質。

往東。少女一個跨步約莫是獸的一倍半。夜、少女讀書獸睡覺。藍色、紫色的螢、在靴子。流水在地底。書在膝上、手放斗篷。讀三頁書抖雪。站起來走路、像螺一樣、繞出去。繞回來。拾起眼鏡和書本、繼續讀三頁、只讀左頁的上半部。

挖一個洞。等。什麼也沒發生。少女舉左手、比一個數字。獸抬尾巴、相應地拍打數下。兩個旅人喝水休息。保持安靜。有的時候看地圖、座標、有的時候跳。跑一下。

點燈、寫字條。握好釣竿慢慢地放。清晨。換果醬麵包、清水、裝布袋。慢慢放。有的時候睡、走走、有的時候聽。地洞黑磨磨的。紅色的螢、還有、斷一隻翅膀、害羞的煤灰色、從洞裡面跑出來。

午後、少女鏟雪。幼小的獸坐皮箱。每挖出一點形狀、尾巴往右左、甩兩下。水的源頭在北方。
雪在旅人的腳邊跳舞。

## 2

## 雪是
## 地底生長出來
## 的東西

首先是煙囪。接著是屋頂、簷、牆、角、兩個側邊。然後是、正面。背、兩個窗子。門和台階。左邊的窗子比右邊矮、斜屋頂兩邊不對稱。煙囪的梯子中間斷兩階、用粗繩和樹脂補起來。空氣清冷。潮濕。櫥櫃有雪。襪子的破洞有雪。

牆的縫、床底、麵粉袋裡面攪和著雪。稍微烤過的鹹魚肚子、盛過熱湯的杯底、耳後、眼皮、毛毯裡面有雪。雪積起來便掃開。再積起來再掃開。對少女而言、雪不是從天降落、而是從地底生長出來的東西。

小屋子有：一盒米。青的豆子、黃的豆子、各兩罐。有桃子和瓜的罐頭。郵票梅乾。一袋茶葉。橘子果醬。魚、貝、蕃茄和洋蔥罐頭、各十個。櫥櫃裡面、有收音機。舊報紙、筆和日記。大桌子底下、有小一號的桌子、小椅子。

小屋子有樹果。是鈕扣的樣子。顏色像烤栗子。兩盒糖果、一盒硬的一盒軟的、都是蜂蜜味道。有餅乾的模、劈好的柴和發霉的木頭。釘子。格子桌巾。油、香料。深綠色藥草。

流水在地底。有的時候聲音遠遠的、很微弱。藍色、黃色的螢、在皮箱的抽屜。紫色的螢在門的蟲洞。斷一隻翅膀、害羞的煤灰色、在信箱。有的時候泥灰掉下來。木屑、磚頭的碎屑掉下來。

少女負責地板、壁爐。幼小的獸負責擦桌椅。有的時候砍柴、搬木頭、烤一些豆子。洗杯子。用望遠鏡看遠方。小屋子揚起漂亮的煙圈、向西。遠方地平線隆起山影、岩相、薄紗似的、水色的光。鳥影飛過。流浪的雲經過。每年春天都是這麼開始的。

## 3

## 邀請：

## 通往天空

夜、衣架稍微移動了。

午。清晨。床和櫥櫃的位置移動了。桌子的抽屜、開一個。窗子開一個。椅子移動了。地板的縫密合又分開。掃帚、畚箕、小鏟子和圓桶掉下來。

少女在煙囪、獸在、少女的斗篷裡。繩子繫好。手扶好。梯子冰冰滑滑。有的時候有鈴鼓聲。有的時候耳鳴。有霉的味道。腳皮味道。移動機關。喳塔喳塔輸入與輸出、火的聲音。彈簧波動、金屬片、與扣鎖、槓桿的合作運動。

感覺小屋子被捧起來。被凝視、觀察、轉、自由聯想。高高的。穩穩的。轉一面、再一面。倒過來看然後輕輕地翻正。

清晨。午。兩個旅人開門。坐下來面對面、不知道討論什麼。指天空。開地圖、紀錄新的位置。撿木片、紙、接著掃水。修理收音機。泥巴、黏黏的琥珀色的液體、清出去。接著、準備斧頭、繩和布袋、瓶子。蠟筆。清水麵包。

向東。少女走前面、獸走後面。少女左轉、獸也左轉。撿釘子、木板、小工具。耳朵夾鉛筆。有的時候搖鈴鐺。找腳印。如果天空有東西飛過、就想一個名字。有的時候、畫箭頭：指南、向小屋。撿腳踏車。繼續走、午餐是蜂蜜水、鮪魚三明治。

撿回來的東西有：鐵絲燈泡假眉毛和假鬍子。橡皮水果、怪物圖鑑。握把與踏板。輪胎皮。不知道用途的牙齒與機關。巧克力蛋玩具咕咕鳥。圓鏡子、一面。折斷的機器手臂、一隻。書。唱片和木偶的吊帶褲。

少女把獸放進腳踏車的籃子、慢慢地騎。向西南、折返往東。往南。

南方。蜿蜒的石磚道路中央裂開纜線與歪倒的房屋之中一間削去屋頂的小酒館。站立著。大氣寧靜、灰黑、宛如身在深海裡。

少女聽見笛聲。獸聽見三角鐵。天空有的時候閃冷光、有的時候分不清楚那是瀑布、還是流沙的聲音。小酒館的鋼琴缺兩個音。鋼琴蓋子打開、裡頭的電話響過一次。歪的路燈是燙的金色。腳踏車是栗子色。

天空低矮、厚重、彷彿手伸長就能觸碰得到。

**4**

**雨 呀**

**雨 呀**

少女修屋頂。補牆、梁的裂縫與支點。獸撐傘。有的時候玩水、玩爪子、撿地上的菜莖銀芽吃。有的時候畫畫。打嗝。肚子紅紅的、臉紅紅的。

少女拖一個大鐵鍋、塞壁爐、燒水。打開百科全書八十四頁、找圖底下必須用放大鏡讀的小字。水滾。加糖漿、魚骨頭。深紫色豆莢。藤蔓剪段、茶葉、泥灰、搗碎的馬鈴薯和蘋果、蛋白。適量加一些。羊毛和三葉草。蕃茄醬。雪。適量加一些。

準備鑷子燙一下、內外抹豆油。準備水、乾淨的布。桌上、鋪報紙。準備空碗、棉花和剪刀。泡一壺茶。獸包在毛毯裡、捲好。戴毛帽、圍毛巾、包裝成一顆蛹的樣子。抬上椅子。下巴墊布。背墊枕頭。撐開嘴巴、鑷子伸進去。

輕輕敲上排牙齒。每顆牙敲三下貼近身體聽喳喳喳的回音。漱口休息。接著、檢查下排牙齒。

傍晚。雨。獸的腳掌紅紅的屁股紅紅的。拔下來的牙齒是左邊、下排、後面數來第五顆。非常隱密的部位。不知道是哪一種用途的牙齒。塗藥膏、塞了棉花。收工具、繩子捲好。洗碗、鍋子。少女搧風、獸睡覺。

沒有用到小罐子的奇怪藥粉。拔下來的牙齒好好洗過了、晾乾。收去櫥櫃下面抽屜、放骨頭餅乾和明信片的小盒子。小圓麵包剪小塊。丟到茶裡面泡軟。

喝茶的時候、少女想到昨日的早餐、晚餐、土司的角。很久以前的獸和現在的獸的樣子。想到很久以前、在東方、一個人生活的日子。兩種、一種飯糰的做法。想到的材料寫下來。不知道名字的、畫下來。拔下來的牙齒也畫出來。

清晨。夜。雨停了。又開始下。起霧、雨停了、又開始下。

## 5

## 回憶是

## 無邊無際的

## 幽靈海洋

少女讀書、獸睡覺。西邊有東西被捲走。北邊、有東西被河流帶走。有的時候、吹強風、有的時候、上方好像有巨大的飛行體低空掠過。南邊。什麼都看不見、雨的形狀像蝌蚪。

衣架晃晃的。窗框、門縫、溢出水。盆子溢出水。屋梁和角落溢出水。杯子晃晃的。水壺剩一口水。少女收行李背皮箱、獸塞斗篷。穿：四隻襪子、兩雙靴子。披毛毯燈吹熄了、戴粗皮手套、往上。

煙囪晃晃的。桌、椅、小湯匙、床、來不及帶走的東西、留在恍恍惚惚小小的四方空間。門打開渦流滑進來。信箱滑進來、又滑出去。樹果、鉆版、畫紙、滑出去。毛巾、木柴和竹簍、跟著滑出去。

傘吹跑。在空中翻兩圈、不知道滑去哪裡。一條小船路過、兩支好像飯匙的槳路過。天台路過。還有黑亮亮的老爺車。還有、橋墩、看板、楞楞的木頭路標、不知道滑去哪裡。少女拉梯子、獸的屁股泡在水裡。看不見屋脊。

皮箱泡在水裡。雨打在臉上又刺又癢。

天空看起來像海。海看起來像長了蜉蝣翅膀的灰色幽靈。

夜。清晨。少女與獸與小屋子離開這個世界、一下子。沒有誰知道他們去了哪、沒有誰注意到他們消失了。

鳥影飛過。天上的雲、一如往常沉默、自由漂流。風經過。蜘蛛經過。松鼠醒了毛毛蟲還在睡。灰塵降落、草搖曳。天上沒有月亮也沒有星星。

6

**蒸汽**

**速度**

**時空旅行**

現在、梯子斜斜放入另一個黑磨磨的煙囪。找重心。然後放手吐氣、坐下來發呆。休息。搓一顆空氣糖果放手心。獸伸爪子、幫少女撥掉頭髮的雪。四周靜悄悄的。

數三十一階、踩空了、跌下去。被軟的大球接住、沉一下、托起來。空氣聞起來甜甜的。空間的底部積雪、煤灰、厚的糖膏。底部有風。氣流和緩、暖而平穩、往門的方向推移。

少女走前面。幼小的獸拉少女的衣角、走後面。四周靜悄悄的。

點燈。走道積水。天花板滴水。長窗子霧霧的。有行李放上方置物架。有的、放腳邊、放膝上。有乘客闔眼休息。看遠方。有的玩手指、咬指甲。有乘客在車尾吹風。單數號車廂第二排、右邊靠窗座位空下來。椅背掛預約席的牌子、位置中間擺小雛菊和國語字典。

車掌在第三節車廂。藍色制服有點發霉了。墊肩歪了、褲子的折線依然工整清晰。帽子歪了。粉白色的、陶瓷的臉有點龜裂了。友善、有點笨的微笑、不知道誰畫的。膝蓋以下、埋在雪裡、露出黑皮鞋鈍鈍的前端。

少女找到時刻表、還有修理錶的工具盒子。袖子卷上去看一看。褲腳也卷上去看一看。皮鞋、襪子、耳朵、都看一看。獸。模仿車掌彎腰掌心朝上、為乘客剪票的樣子。

左前方。有乘客帶九件行李、提琴、魚缸。右前方有乘客擁有寬闊的樹枝臂膀。帶一個小班級。郊遊去。臉像猴子和臉像狐狸的雪人、玩沙包。寫、植物成長筆記的雪人頭抬起來想說話。來不及說。胡蘿蔔鼻子掉下來。積水向前流。

買車票回去故鄉的雪人融化了。買車票去熱帶小島渡假的雪人融化了。兩個旅人開窗、跨大步。跨過草鞋、圍巾、皮箱拋上車的背。爬出去看。

## 7

## 山丘

雨停止。霧清澈。光線濕濕的、薄薄的、斜斜地往左。好像聽見什麼。聽過的、是好聽的、令人好奇的聲調和語言。像一首歌。節拍沒有打中正確的位置、是因為、奏樂者的意識仍在夢中暢遊的緣故。

現在不知道在誰的夢裡。少女坐著想。明年這個時候也許有隻熊經過。背網子和釣竿、水桶、木柴、耳朵夾鉛筆。

樹的葉子落下。獸躺著想。明年這個時候、也許神木底下會出現一隻躲雨的松鼠。熊抓銀魚、松鼠吃樹果。少女覺得、那是一隻和獸差不多小、肚子圓滾滾的淺灰色小熊。和妹妹走散了自己到處逛逛玩玩。獸覺得、松鼠的妹妹在神木的手臂上、啃樹皮。

四周靜悄悄的。水。沿著齒輪的間隙滑。原以為受不了的事情、忽然之間發現不是那麼的難堪。

打嗝的時候、黃色的螢飛出來。斷一隻翅膀的煤灰色、慢吞吞飛出來。

遠遠就能看見小屋子端端正正的影子。舊了、濕答答、可是每年春天都想回到這個地方。小屋子底下、隆起一座山丘。山丘底下蓄起美麗的、琉璃色的湖泊。山丘的形狀好像小白熊的肚子。

8

## 午後

兩個旅人、在湖邊。船漂過來。兩支槳慢條斯理過來。雞肉罐頭漂回來。茶壺蓋子和兩支牙刷、在船底。船尾拖鍋鏟、蛙鞋、斷的釣竿。書本和手帕、掛椅背。漂回來。斷的床腳和桌子的抽屜漂回來。

午。早晨。清理淤泥、積水、皮箱拆解、抽屜分開晾。床拆解。櫥櫃後面藏的梯子、也抬出來。櫥櫃斜上方的暗門打開。檢查食物、餐具、日記本。找板手還有海綿。

夜。少女划船、微弱的光在中間獸在船尾。兩個旅人、由湖的東邊、繞去西邊。由西邊、繞去湖的南邊。由滑輪後繞出來、繞進去。趴下來過天平。皮帶、虹、撞到輪盤反彈出來。有的時候看水流。有的時候、看自己的臉。如果水下有東西漂過、就想一個名字。

喝水休息。晚餐是黃瓜、饅頭、加梅子粉的玉米湯。剝一塊巧克力、分著吃。有的時候吹風。有的時候下小雨。少女的杯子是單耳、獸的杯子是雙耳。

有的時候少女潛入湖。有的時候獸想要變成：力氣大的人。想學寫字、生火、切漂亮的蘿蔔絲。橡皮水果和道具小樹、漂過來。停山丘下。

湖的水位低一點。鋼琴與摩天輪的位置、比昨日更近一點。今日清晨乍看之下與昨日沒有不同。清晨的湖是茶色。午後的湖有時候、是蒲公英、有時是茄子。夜的湖是滑亮的黑。有時是綠、濃藍、有時是桔梗。有的時候什麼都不是、只是一片沁涼的水。

掛畫的釘子拔下來。準備橘子皮桶子抹布。少女負責底座、軸、木馬、大時鐘。老爺車。獸負責找腳踏車。收零件、盒、柄和把手。湖底有草拂動的影子、魚的影子。湖底有空氣膜。軟的根。纏繞機械體的內外向上生長。

早晨的湖是：一個美妙的公式、持續穩定地向內流轉輸出。

做新的信箱。仿照小屋子的形狀做門、斜屋頂。下山丘。信箱立起來。繞著湖看。

衣服疊起來、進屋。書疊起來靠牆放。書頁脫落了乾了夾回去。有的重新打洞。穿線。有字糊的看不懂、拿來包鹹魚。然後篩麵粉。清點火柴和豆油的存量。

蚊蟲多了、就會生出壁虎。比如累了、就會有睡意。連續三個傍晚在屋頂、床底、發現有意思的東西。

9

## 森林

## 拍賣會

早晨。搬桌子、兩張椅子、小凳子、籃子端出去。泡茶、烤一盤餅乾。鋪格子桌巾。準備茶杯、一壺清水。準備掃帚、畚箕、斧頭和鏟。準備書、筆、繃帶。用木板和繩、做一個立牌。畫兩個圓。三角。四方。寫：Goodbye&Goodluck

有的時候砍柴。有的時候躺樹根發呆。看天空和光和青苔。樹的洞和氣根。有的時候泡腳、數腳指頭。去提水。拎布袋撿果子。如果雪人來了、就和雪人聊天。

腳踏車的輪胎打氣了。座墊裝好了、歪歪的。放浴缸、推。附送一雙鞋子、水管兩條。燈泡、一顆。兩個大袋裝葉子、當軟墊。然後、在牆上貼眼鏡廣告和尋人啟事。

少女走前面、幼小的獸走後面。少女停下來、獸也停下來。小丑的鼻子、和妖精耳朵、和火柴、火腿三明治、包一起。也幫忙趕跳蚤。幫忙吹氣球、失敗。

少女想看飛機。獸想去蒸汽火車博物館。數羊、三十六隻、有好的預感。會發生好事、會遇見好人。午餐。幫新來的羊取名字。少女覺得金魚糖這個名字很好。獸覺得小寒和墨魚、這兩個名字很好。

如果有下輩子、少女想變成一顆蠶繭。熊的毛和自己的手肘。變成燈罩、傘的骨架和腸胃醫生。如果有下輩子、獸想變成一座城市。變成桿麵棍。酒瓶的軟塞。太陽。開燈的人和掃地的人。心算很好的人。

想要知道更多、關於雪的事情。海與森林、關於深藍色碧綠色、土地可能承受多少房子、椅子、橋和道路的重量。明天的事情和明年的雨量。沙漠、地震、星球的軌道。想要知道水的思想。風的思想。鳥的思想和魚的思想。關於人。關於蒲公英、天鵝。手的思想。春天的思想。

以及冬、夏、秋天、三個季節各自誕生的思想。走路方式。飛行方式。跳躍方式。關於風景。想要知道更多熊與松鼠與妹妹們的事情。釣魚的技巧。關於懸崖。調味比例、亞麻色、喬木。關於感冒、疼痛、兩種、一種、與腸胃溝通的方式。

少女想再長高三公分。獸想要再胖一點。毛色深一點、爪子再長一點。

舀兩匙蜂蜜泡水。少女喝淡的、獸喝濃的。開一個蕃茄鮪魚罐頭分著吃。買豆子麵粉。拿唱片與留聲機、紫花生、換梅子糖果。少女坐左邊、獸坐右邊。布丁和罐頭咖啡放中間。用大蒜豆奶、換細字鋼筆。

在椅子底下有紅花苜蓿與四葉草的轉角。少女穿套頭毛衣和藍長裙。衣服底下塞棉花、布袋、很多襪子。頭髮塗灰與白、黏一撮褐色的毛線。皮膚塗小麥色。眉毛畫濃。黏大耳垂、眼袋、斑、額頭畫皺紋。稍微駝背、端正地坐好。塗淡口紅。膝上擺旅遊散文、報紙和皮包。

腳邊有菜籃。裝萵苣、秋葵、地瓜、菠菜。有長雨傘。獸在旁邊玩。有的時候睡覺、有的時候撿菜籃裡萵苣的葉子吃。腳邊的收音機播放小小聲的兒童健康操。

少女想去跳石的河邊。獸想去兔子蝴蝶公園。讀訃文。買一個章魚飯糰、分著吃。吃飽了。想：關於旅行、河床、夢的事情。想複雜的事情。看彩虹、纜線、天空、有幸福的感覺。也有害怕的感覺。也有寂寞的感覺。

草莓泡芙和果凍條包裝後面註明一切食材與調味皆以維護熊的健康促進熊的食慾為宗旨調理製造請安心享受食用。傍晚。清晨、送走椅子小販。菇小販。鬧鐘小販、小說家、和鐵道迷。收玩具箱、茶壺畫冊、收椅子。桌巾和杯子。百科全書。搖椅和圍裙。

## 10

## 日常生活：在群山與巨岩的陰影底下

少女是黑髮。蓬蓬的。是圓的臉五官平。眼睛形狀是葉子。獸。有點像鳥。有點像魚。可是兩種都不是。沒有才能、不會飛、不會游。不會獵捕。

清晨。捲毛毯、洗臉刷牙、信箱收信。拿一支湯匙、進壁爐、敲梯子的邊邊。早餐是稀飯炒蛋。信夾書裡、少女戴眼鏡、上屋頂讀。獸散步去。有的時候跳。有的時候坐、屁股泡水窪裡。晃晃頭。晃晃腳。有的時候、找地方滾。畫圖。

櫥櫃背後的矮木梯、床下的矮木梯、使用同一種木材、出自同個木工。約莫同個時間、一起做出來。一個梯子用來、爬到櫥櫃的頂部、通暗門。一個梯子有的時候斜斜擺窗口、鋪兩段寬木板、當作內外聯絡的滑梯便道。櫥櫃的把手一邊斷了、一邊的門關不緊。

靠牆的兩個床腳套牛奶瓶。瓶子外面套兩層毛線襪子。衣架。高度約莫是大桌子的一倍半。最高的掛勾、也套毛線襪子。綠白條紋。拇指和小指破小洞。最下面的掛勾看起來像、另外釘上去的椅子的腳。床腳的襪子是紅白條紋。高統。套口鬆鬆垮垮的、綁鐵線。

椅子是楞楞的木頭椅。椅背的壓條有漩渦的洞、背板的裂縫、像河川蜿蜒地伸展。和一條斜斜流過椅座右半部的細紋路、恰好接合起來。

午。早晨。少女拔草、掃地、醃魚。獸找餅乾。找螺旋槳河馬手偶、看窗子裡面自己的虎牙。決定調整櫥櫃的隔板。床腳的牛奶瓶換新的。晚餐是青椒、包子、溫開水。晚餐後、少女讀信。獸聽。回信的署名底下、貼恐龍貼紙。收音機播放三拍子的歌。

比上不足比下不足所以做自己。明白極限。超出的部分、就請別人代勞。明白不可失去、與可有可無的、確保兩種東西都帶在身上。

靴子的跟用橡皮補平。剪頭髮。髮尾平齊衣領。量身高。口袋和帽子的脫線縫好了。剪指甲、梳毛、鹹魚用大葉子包。磨刀、豆子、抖斗篷。綁繃帶。手帕。摺端正的四方形。皮箱背帶拉長、試背。重量剛好。小口袋的長度剛好、手臂自然地垂放、輕輕一勾就能打開。

想一想小屋子的日子。發生的事和遇見的人。桌椅收好碗疊好。

洗地、清理壁爐、洗窗子。紙筆圖釘、鑰匙收回抽屜。想一想是不是忘記什麼。天亮之前兩個旅人進入森林廣大的腹地。沿著彎彎曲曲的旅人小徑、走。流水與螢停在群山與巨岩的陰影底下、目送他們離開。

## 11

## 春天

不知道、這個地方存在於名為世界、這座巨大的機械體中、的哪裡。哪個位置。什麼作用。

小屋子東邊、斜上方。火車第五節車廂七點鐘方向數下來、約莫三十一段階梯的長度。樹簾內。肉莖。吊鐘葉芽。往軸與輪圈的深處找、銀色螺絲帽上面、有矮人百個。千個。洗牙齒、刷臉、做暖身操、著裝。送禮物、互相問好。開始工作的時間比預定晚三十二分鐘。

一部分打掃火車。修理駕駛座的窗、煞車桿。推燃料。起動、熱機、一部分搭建月台與車站。小屋子的屋頂、牆分開、衣架手臂分開。鋪泥灰、地基墊高。磚頭重新排列、煙囪倒放。一部分鋪軌道。上漆。做路線圖、路標、印車票。製作便當、零食郵票、飲料和紀念品。

站穩了。看遠方。想好玩的事和正正當當的事。想腦袋、手、心和腹間。今日、明日、夜、雞蛋與天方夜譚。為車掌掛上黃澄澄的徽章。皮鞋擦亮、石頭磨亮。空氣清冷。火車揚起蜂蜜色的蒸汽雲。腳下有爬藤、草、覓食的螞蟻。覓食的蛇。岩壁上方開出幾朵漂亮的小白花。

無常
言葉集

街道、豆子、月亮

RUES
BEAN
LUNE

BY MUJOKOTOBA

## 1

## 蛞蝓

## 的花圃

月亮。在東圍牆、寫卷下巴三個字立牌底下。三十年前今日誕生的人、和等魚的小東西、睡。手鼓店靜靜的。植樹紀念碑和流星坑、靜靜的。有人明日北上。有人讀大人物的故事、頭歪歪的。樹下、兩個小東西擦皮鞋、梳中分頭。等魚的小東西神遊高山草原、採白菇。

下坡路。綠耳朵旅行書店、靜靜的。貓的尾巴卷卷的。脫下來的小熊裝和跆拳服、卷卷的。風的聲音也是卷的。有人閒談、明白一點徒勞的事情。雲的形狀是海浪的樣子、黑磨磨的。有的時候像牛、有的時候像煎餅。

豆腐店。後門角落、有小東西喝湯、開瓜子醬。小電視播放鹿的電影。空氣是好的。桌子高度、牆的高度也是好的。滴水以三、二、三頻率落下來。葉子有老的年輕的。五個、三個小東西圍圈圈。東南方。有星星和大耳朵。

湯圓商人、還有、綠色小蜘蛛、找不到。茶點販賣部在十三樓、飯廳、和書報室中間。有人在旅館西入口、看吊鐘花、鈴蟲、石獅子的浮雕。斜斜的榆樹小徑通往牙齒醫院。門掛字典、一個白鐵壺。有人想弟弟的事情。有人沒有家。

襪子。掛在安靜的地方等晾乾。有人談魚、人生。雨的歷史。有人走開。出去晃晃的人還有鄰居的小狗、都回來了。有小東西是數學家。小圓椅、畚箕和米桶、書、杯子、還濕濕的。

星期日下午、二胡與琵琶的演奏會：二樓右看臺票兩張、用藍圈圈方巾包、夾卡片、兩百西西小飲料中間。遠遠那邊有山。霧靜靜的、卷卷的。往車站和小學校的路靜靜的。一條路是草綠色。一條是枯黃色。

砂鍋和空房間和漏水的地方都好好的。有小東西是狐狸臉。有小東西、以為自己和鬼魂對話了。照顧泳池的人住紅屋頂的房子。皮膚的顏色、像陰天的海。矮的人、和蕨的影子和公園、是寂寞的。

火。也卷卷的。小冬瓜誠實商店專門賣：放著不用裝裝樣子的東西。也賣雞蛋、也幫鳥看病。大鐘慢七分。有人晚餐。有人研究天文、海岸公路與植土的道理。邊唱歌。遠遠那邊有巨人、背對坐、安靜地哭。

天空是和平的。水碗是和平的。有小東西被圓鏡子吸引過去。有人彎腰、傾聽、為玫瑰換水。地上飄的紙是、榮譽市民的徵選辦法。地下。機器心臟嘎咕嘎吱運作著。有的時候小抖、有的時候卷。

西南有大河、橋、送報生。橋下有咖啡、貓、帽子商人。有人煩惱腳醜醜的、這件事情。兩個小東西接手百年修鞋舖。有人寫字捲袖子。有人戴大耳機。

皮箱店、腳短短的熊的模特兒穿的小洋裝。是、白點點、哈密瓜色。有人斜斜走、左轉。魔術師留下的鴿子籠和小謎語、第五和八、十七集、好好的保存著。有小東西、結束漫長的旅行。有小東西發出咕一聲、長長、卷卷、腹腔與喉嚨的共鳴。

有人聽道理。左耳進、右耳出。兩隻小壁虎在畫中蜿蜒南方沙灘邊邊。毛毛蟲醒了松鼠還在睡。酒館、琴、養刺蝟的人、體溫低的人、檸檬色屋頂與石頭牆、都靜靜的。衣服抖過。五尺蛋糕的烤模準備好了。

今年、蜂蜜商人的舖子租給不長進的小說家。遠遠那邊有草原。遼望臺、釀酒廠。草原有閃光。長長彎彎的馬戲團隊伍：仙女走前面、接著是、木偶與馴獸師、機器娃娃。兩個小東西收吊床。燉菜和天空、都是軟軟的肉色。

## 2

## 皮鞋

浴室的牆有樹葉影子。浴缸是藍灰色。鏡子裡面世界雲霧繚繞。窗子外面世界雲霧繚繞。水的聲音和豆鬚、晃晃的。有人、看檯燈、鵝。呆呆的。照顧樂器、照顧腳踏車的人、請長假。

有人被保護著。有人是父親。有人、有的時候是哥哥、有的時候是母親。街市、山、海的纜線、連去遙遠的另一端。照顧開水、電燈、負責煎餃子的人、瞳孔是漂亮的胡麻色。有人想事情。呆呆的。有人想要運氣。想變成麻雀。想變成一座輸電塔。

圖書館的苦兒流浪記、找不到。五個、三個小東西、唸詩、口齒不清。有人肩膀掛毛巾、口袋有五十元硬幣。雲消失、又出現。小診所與澡堂之間、有菊草豐腴的小路。電話亭是空的。昨天、有小東西在這裡量身高。

有人等下雨。有人說緩慢、優雅的捲舌語。南。有啄木鳥小屋、樓梯、蓮藕商店。綠色的傘與蛤蟆與地平線、都好好的。有人學走路。有人的意識像卷卷的浴缸水。

人的步伐是獨立的。行人燈號是獨立的。祕密文獻室有划水聲。有甜的氣味。很久以前、所謂的地下還是一個供人抬頭仰望的小山丘年代。電器行也靜靜的。有小東西背弓起來。有小東西餓肚子。

信箱裡面、有蘿蔔。蒜苗一條。奶油。結球蔬菜、苜蓿馬鈴薯。靠左的單行道、空氣是暖的。車庫的樣子、像蘑菇。風向儀、園藝店、轉角背後的私人花園、水煙、糯米團子、也呆呆的。

沒有奇蹟。只有豆子滾滾。近視眼的人和拍照的小東西口袋都有糖。記憶、膝蓋、天線、是可靠的。有人有名有人有鬥志。五十五個、六十七個小東西、同一天生日同一天成為母親。

有小水溝的上坡道、是美術老師陰天的回家路。河流下游的小城是熱呼呼的濃白色。城外有馬場瀑布、金工實驗室。有人想道歉來不及。

有人失眠。演員、賣洋蔥的人、理髮師、和三個呆的小東西、在會客室。屋樑也是好的。路是好的。有人相信這個地方有魔法。有人是重的。有人和烏龜一起旅行。

駱駝色的摩托車去過遠的地方。廚房、有小東西排書、畫稿、煮

紅茶。不想丟掉、不知道拿來做
什麼的東西、堆南瓜屋。南邊的
出口、海帶店門前、有路標、自
由取用的茶水與竹杖。

往閣樓的窄樓梯、後院的門廊、
疊書、和胡瓜。對面馬路有販賣
機。預感、鬍渣、手指的敏銳度
和腳趾頭、也是好的。釣具店門
前停一輛舊的、米藍色三輪車。
有人受委屈。有小東西和家人走
散了、自己晃晃。有人明日掃墓
有人早早換上冬裝。

有人來自十五分鐘車程的甲殼村
莊。有小東西、搭鴨嘴獸公車。
睡。牆縫、樹葉、慢慢、靜靜地
生長。遠遠那邊月臺、電話響兩
次、後來都靜靜的。有人晃腳、

看鵜鶘。票是第二節車廂前排靠窗、一站下車。

蚱蜢的背影是安靜的。灰色的敞篷車、是安靜的。有人躺、雙手合十。週間偵探劇延播。送豆漿的人和送煤油的人、還沒來。鼻子紅一塊的木頭人穿雨衣、手平舉。北方。有磨坊。湖。傷心的人、渴的人。好的思想。

## 3

## 牆

月亮是橘色的。夜車、經過鮭魚河、鬧區、扶桑。賣字畫卷餅、名字有個卷字、孤僻的小店。小椅子擺年獸的畫。笨的雲搖搖晃晃飛起來。時裝店掛燈籠的地方兩個小東西鋪草蓆。兩個小東西讀報。

往返星期四的太陽煉金場與海先生的憂鬱門診、六條路線。泉水與蟬、電路雜音、都好好的。有人在高處。有人是秋天的孩子。

北。有銀河樂園。鐘錶店。趕路的人和許願的人、臉苦苦的。

兩封長信。明日下午、走蔬果小路去車站、順道寄出。有人從沙漠回來。有小東西在牆頂、長蒲公英的地方、坐、吃饅頭。西河岸有發電廠。備忘錄折起來那一頁、寫、小夜曲的名字。河川的河寫成何者的何。

東河岸。有白楊森林。斜坡和貨倉、茄子街。藍燈和廣場。出版社、軌道、小劇場。有小東西在森林邊界、手冰冰的、身體藍藍灰灰的。兩個小東西私奔殉情、冰、藍的灰灰的身體、在荒廢的宇宙飛行船、七十七年。

除草的人在生氣。讀哲學的人在生氣。衣帽架掛月曆還有蒜頭。隔壁的隔壁、戀愛介紹所整日無人光顧。茶具店裡、金黃色的狗兒累了睡著了做夢去。十里外麵條工廠、荒地、有大樹、野草庇蔭的水溝、前腳瘸了的狗兒累了睡著了做夢去。

有小東西在布簾後面。有人吃。有人是幸福的。路的燈、也好好的。細長的身體、自中央劃開、兩個燈頭朝左、右、彎下來。掃地機器人撿袋鼠帽子。十三個小東西打禪的墊子、還溫溫的。

山鳩來過。以前、有燕子和鴨拓草、塞車的路、現在空空的。照顧金魚的小東西、也照顧卷耳班教室靠走廊第二格窗子、底下的花圃。還有掛擦手巾的三個小勾子。郵差也來過。

往當舖、必經河、銀杏與青蛙跳石。遠遠那邊有議堂。小的摩天輪。有人沒有家。可是有筆、一本日記。有鼻子、溫開水、小鹿布偶和芝麻。春聯貼回去了。土撥鼠還在睡。

爬山的人和戀愛中的小東西都在看雲。南。有玉米田。考古隊、帳篷。有人問、怎麼區分真實與幻想。有人腦袋空空的。黑莓蛋黃醬、胡椒粒和切碎的甜椒、一起攪拌。小事情、還有、讓人沮喪的事情、好好的解決了。

有人路過旅館。五次、三次、七次。沒進來。蛾飛走。黃屋頂與大樹、藍雨棚、是寂寞的。有人相信一見鍾情、有人的膝蓋很有力量。接電話、照顧電梯、鞦韆和罐頭的人聽說吹口哨很好聽。番紅花。蔥的顏色。都是好的。

四個房間在水道與閘門正上方。三個、兩個話題是：書店、蕃茄商人、麵湯與厚臉皮、酒。有人等烏鴉。吊燈靜靜的。有小東西在農家、接受豐盛款待。

毛巾紅茶、煎蛋三明治、準備完成。有人臭臭的。有人是西瓜的畫家。水道盡頭、有茄苳的樹根和龍鬚花。有超市、名字叫做狡兔窩。

有小東西、拿捲尺、不知道量什麼。有人看飯匙、船的槳、想媽媽的事情。明日預約洗牙。一共五十五個小東西。明日。隔壁城市的小學校舉辦跆拳的友誼賽。貓與狗、笨的人、怕光的人、在露天廣場看黑白電影。天空是綠的。森林是藍的。

4

**短**

**階梯**

有人收禮物。是笛子。西北的、胡桃小豬雜貨店、掛板手的架子靜靜的。羊羹、溜溜球的廣告、收抽屜。相隔四年又九個月小東西脫掉野兔的偽裝。回到街市、日常、人群。胖的肚子、祕密的事情、都好好的。

體積、像一間小屋子那樣大的淡黃色包裹、邊角有抖抖的、小的字。有香菜的香、新的水管、有小東西練習前滾翻。古董商人在竹林。打鑰匙的師傅找不到。蛋塔找不到。鄰居菜園有大窟窿。桌邊服務暫時、由、右窗口伸進來的機器手臂代理。

鳳凰木公園直走約莫三分鐘。右轉彎。卷頭髮的人住過的房子掛看板、寫電台招標、無誠勿擾。飛機棚和屋頂、有吊床。圖書館前院、沿廊、有刨冰機。鐵路迷和賣糖葫蘆的小東西、不在了。月亮是卷的。灌木叢是卷的。

有人出發、找深山裡的地精塔。翻稿紙、磨豆、調色與列印工作穩穩當當行進著。有小東西在神木的樹洞裡面畫結界、召喚祕密房間。有人剝橘子。有人換新的樣子用新的語言說話。

桌子的角。魚的族譜、水鳥族譜和花粉過敏的人、還有送羊奶的貨車、都好好的。抖抖河穿越城市。郊區、草、入山。遠遠那邊有漂亮的峽灣。牆。右轉彎的地方、草軟軟的。

旅館門前、長板道第四十三階、掛藍手帕、矮路標的底座、土裡面的北極星項鍊、已經歸還。約莫是三年前、小寒日、發生的事情。兩個小東西排隊。過荷花池綠水塘。兩個小東西去傳說的鬼屋、領薪水。墨水空的。冰箱空空的。

沒有稀奇的事情。洗手台也小小的。話筒傳來的聲音小小的、有禮貌。有人考慮、走、留下來。想。呆呆的。解碼工作、依靠味覺、腳力的工作、穩穩當當行進著。有人出門、回家。再出門。

微波爐、熱水壺、樹的相簿和、編草鞋的人、借鐵舖兩天。有人在彎路上。有人毛毛躁躁、臉紅紅。鬆餅商人的家門前三個小東西等黃燈。過馬路。樹和樹屋的高度、是好的。酪梨的顏色是和平的。抱怨信和待寄出的回覆信分別放、帽子盒、鞋櫃最上層左邊的抽屜。

茶水間的貓的擺飾、和多肉植物和果醬瓶、三個是好朋友。城裡的歌劇院是安靜的。卷的鬍子、是安靜的。有人被喜歡。有人問投幣洗衣機、在哪裡。

沒有太陽。香水百合商人修業三日。胖的、吃素的小東西、膝蓋手肘脖子不能彎、是家族遺傳。南北邊、都有酒莊。麥田。

煙火商人提燈、沿河走。有人說謊。有人閒扯蛋。訃文和椰子的肉、都是善良的。不知道世界多大。多高。聽說這個地方、原來藏在龍的肚子裡。

角落少一本書、一個枕頭。多兩碗小米粥、鼠尾草、一盆。狗呆呆的。耳朵是軟軟的小三角。三個人分開走、裝作無事。凳子。

蛋豆腐湯還有、製作蛋豆腐的過程、是和平的。有人被討厭。有人買鹽、和土司。明白了愛是弱小的、言語也是。金錢也是。

5

**開水**

**熱湯**

現在、能看見馬王星、還有小豬星系。有小東西提水澆花、跳、樹呀樹呀快快長大舞。櫻桃樹下兩個小東西臉貼臉。一個說啊、嘴打開。一個給看牙齒和青苔。有人對月亮說話、求、健康與吉日。橋頭麵店今日短缺五十元。露臺的便利店、也靜靜的。

螺旋梯、茱萸、燈心草、濃的藍色、是溫柔的。瘦的人熊貓眼、聲音像鐵一樣沉。六十七個小東西分散找隱蔽。安靜等。有人被當成空氣。雲往東南、鳥飛走。家族照相館開門做生意。

捧著蜂蜜包子的人、手掌肉弧。還有短沙岸、淺的盆地、是溫柔的。一個房間沒有窗子。一個房間是等腰三角形。昨日。隔壁小鎮有遊行。有車禍。很久以前隔壁小鎮盛產雪茄、山葵、甜瓜、春天的啤酒。

獸醫院。左邊是紙店、右邊是樹醫生的家。有人繼承棺材店。棕櫚樹也呆呆的。芒草呆呆的。有小東西、看石頭、很著迷。蛋卷舖、擺、此路不通、小心地滑、兩個牌子。沒有夢想。可是有發電機、領巾、茅、歷史書。

有人洗筷子。有人好好的、坐。通往油菜花田、食品工廠和戰場遺跡的路、現在變成草。偶有快遞。受傷的小動物經過、眼睛灰灰亮亮。有人長高。三個小東西在候診室、一個拿蠟筆、一個拿球。一個飛撲。凳子商人、觀光客走了又來。

肥料店濕濕的。往、刀具舖子、雨衣和手套店、三條彎的步道、也濕濕的。沼澤、蟾蜍、是孤獨的。有人有家、有家人、仍然是孤獨的。有小東西腳底、畫五芒星。畫、不知道是飛象、還是電的符號。

天空像噴泉。東邊的街市、像破布鞋。地毯也安安分分、毛茸茸的。遠遠那邊有平交道體育場。夫妻的手、胖胖、短短的。雲也是。有小東西走路、左腳被右腳絆倒。去年除草的地方長出樹、乘涼的石窟。有小東西撐傘。有小東西想看海鷗。

種菜的人賣掉樂器往北走。轉西轉南。路上觀賞杜鵑花、吃銅鑼餅。西圍牆欄杆的藤卷卷的。有小東西拿禾草、到處灑灑水。裁縫機、醬鍋的醃魚、是安靜的。三個沙發墊子、放斜屋頂吹風。

麻雀比客人多的小店一間。店的門卷一半。蛋黃醬做一半、人不知道去哪裡。有小東西、哭。眼睛糊糊的。頭髮顏色是草莓色。尋菇的人和聲音軟的人聽吹牛、很著迷。比如關燈、放音樂。包裝梨子牛奶、打雜的事情好好的做完了。

車站的紀念品店、天文學會募資箱在七號月臺。有人抱卷心菜。有人被算命師叫住。沒有名聲。可是有廚房。遠遠那邊、也有燈河。巨人的餐桌、安靜的背。浴缸和鈕扣、手煞車和小點心、礁石群、也是溫柔的。

奶油色的牆。舊了、很好看。照顧燈塔的人和搖旗子的小東西、海的錨、都是自由的。月亮在雲後面。腳踏車的鈴還有通舖房、牙齒不好、負責傳話的小東西。靜靜的。

魚口岔路。肉舖子通常下午四點鐘開門。有人穿木屐。有人被雞鴨兒童圍繞著。顴骨也好好的。肚臍的樣子也是鎮定的。沒有才能。可是有毛毯、小靴子、兩本科幻小說。

冬青樹下有小東西。西北邊、有洞、隱居者。膽小狗冒雨出門、找膽小貓。普通的事情發生。結束、又發生。有小東西學習理解羊、有小東西出生的日子是全年最短那天。

紳士帽裝灰盒子、送過去。回禮是傘香菇。有人裝聰明、被訓斥了。痔的位置、傷心的記憶、沒有改變。九個、十三個、常在後街跑跑、打滾、在音樂學校門口眨眼睛的小東西。找不到了。

## 6

## 菇

紫色山丘東面、有家常菜餐廳。有的時候、巴士停在那裡。礦坑的出口也在那裡。河那端有小東西、戴斗笠。穿燈籠衣。修鞋舖和海螺合唱團的練習教室、相隔約莫十二里半。書的名字是：沙丘。底下、另一本書、它的名字是：狐狸的胃、雨蛙的冥想。

滷肉鍋是溫的。飛行員住過的綠洋房、屋頂有閃亮的東西。有人在西北、三個街口外魚舖子前、安靜等。有人找月見草。藍色的路燈好好的。茶壺山和馬刷、也好好的。

今日鹽和胡椒補充過。有人走在灰色的路上。忽然害羞了。有人挑蛋、黃麵條。公共場合禮儀宣導、鍋爐使用守則、逃生路線、好好的說明過。洗碗、還有摺毛巾、慢慢的做完了。椅子收好。明日按照約定、旅館五零三號房空下來。

有人是貓的孩子。五個三個小東西、和短腿狗圍圈圈、不知道說什麼。西南停船的港口、寺廟、賣螃蟹的商人現在全部變成草。市集。馬路和沙發和藥店、靜靜的。兩年前有小東西在那裡、擺桌椅相親。再兩年前、有小東西在那裡擺桌椅、賣框、旅鼠媽媽的冷凍年菜。

那個時候的閒談。煩惱、野心。孤獨的感覺、癢的感覺、現在全部變成草。葡萄園裡有小東西、假扮老奶奶。水床空空的。有人接手父親的葫蘆店。有人戴高禮帽。兩個小東西填充能源、兩個小東西負責縫合。掃皮屑。

沒有超能力。只知道：兩種一種討好人的方法。也知道瑪莉安星星船出航的時間。和、羊的歌。也有搖椅和烤箱。也有扭蛋機、和聖誕老人。游泳池。腳底和腋窩。也有小東西以為自己可以任意隱形。

海邊的屋子、有蘆薈、門的右邊掛菱角。左邊一枝憂鬱的、淡桃色的藤。麻繩的尾巴繫短詩、寫屋子熱鬧興隆的年代。祝頌平安風景長存。

有人講寄居蟹的事情。冰箱的醃黃瓜靜靜的。泡芙剩一個。藥包靜靜的。有人坐。又站起來。有小東西、是萬人迷、露出一顆虎牙稍微勾到嘴邊肉的樣子、自己看了都很滿意。

有人明日往南。走走。四十四人大家族在空地搭臺子。遠遠那邊寬闊的地方。適合思考、適合跑步的路。警哨站和後山的兔窩呆呆的。瓢蟲來過。天牛也來過。

布小販。眼睛綠綠的、小小的。西、溼地區的矮平房、皮箱店新開張。一個節日：和鴨子、和、死去的詩人有關。一個城市、特產是梨、尿布、風箏。有小東西挖地瓜坑。虎尾蘭的葉子、胖胖的。急性子和關節炎、脖子痛、下巴脫臼的問題、好了又發生。

有人臉像水豚。關於早餐分量、預算、糖分、重新考慮了。海另一邊、摩天塔七十三樓、轉手四次。以前的住戶後來、搬去已故雕刻家的小屋。照顧浴缸的人、小腿圓圓的、白、胖胖的。拉風琴的人和倒立的人、看遠方的樣子讓人覺得、不明白的事情還有好多呀。

貓納涼的位置空空的。有小東西端一道料理。唸很長很長的菜的名字、小小聲。冰的綠豆湯也端出來了。鈣質多的食物、也端出來。負責看管綠色按鈕的小東西在警察局。垃圾小山、冷門電視劇的拍攝現場、也是安靜的。

天空：應該掛著月亮的位置破一個洞。地下。齒輪與軌道之間、有淺的流水、弦。有小東西、今年十一歲。遠遠那邊有士兵和長頸鹿。地板的洞好好藏起來。櫃子後面的牆洞好好藏起來。

**7**

**小 小 的**

**金 色**

**流 星 火 焰**

高 的 人 。 兩 個 小 東 西 。 在 南 圍 牆 長 青 紫 色 苔 蘚 的 地 方 、 看 風 景 。 有 人 找 香 魚 餅 乾 舖 子 、 有 人 扭 腳 趾 頭 。 木 頭 橋 、 和 有 提 防 的 路 上 掛 油 菜 。 紅 藍 、 灰 黃 相 間 的 小 燈 泡 。 西 向 飛 機 的 高 度 、 天 臺 高 度 都 是 好 的 。 急 行 夜 車 上 、 有 小 東 西 泡 熱 的 檸 檬 茶 、 呼 嚕 呼 嚕 喝 。

百 科 全 書 八 十 四 頁 圖 片 附 註 畫 紅 線 的 小 字 寫 ： 柿 子 、 蜂 蜜 、 電 晶體。樹下有小東西傳授腹語。海豚語。基礎鴿子戲法。豆苗彎彎長出來。避難洞有收音機。階梯邊邊和池底的錢幣、都好好的。有人坐。讀名人格言和東方的歷史。

雜貨店買來的小型氧氣筒、找不到。遠遠那邊有馬鞭草荒地、小動物的墓。有人剪一頂蘑菇頭。有小東西看電影明星、亮晶晶的嘴唇、很著迷。中央電梯播放微小瀑布與樹叢搖晃自然音樂。有的時候、穿插牙科廣告、整點報時。

有小東西向樓下的菇小販招手。河谷的雨傘店、貼字條、寫：出門遠行、暫不營業。有人烤魚。

有人學習華爾茲。很久以前、天空纜車經過這裡。

往車站的公車、遲到十五分鐘以上。附近的販賣機全亮著已售完紅燈。五色鳥來過。有小東西、穿吊帶褲。有小東西在城市東邊矮個子紳士俱樂部。小蝦花、桔梗、家庭餐廳和溜滑梯、靜靜的呆呆的。跳蚤在肩膀。看見的風景都是普通的風景。看見的活動都是表面的活動。

北。環形小巷出入口、各有一間二樓二手書屋。推銷作是：料理書、天文期刊、園藝、推理小說和性感偶像雙月報。正午、海底探索節目播放四十二分鐘。兩個九個、二十一個小東西、穿恐龍裝。遺失物招領箱、有昨日客人留下的道歉信。

有小東西為了裝作自己不是一無是處、說謊了。地板好好的洗過了。可可煮過頭、雜物間後面的泥地長鮮黃色的筆頭菇。肉醬麵捲成倒扣的碗、山丘的形狀。有人想水獺的事情。有人醒來、耳朵暖暖的。

兩個小東西在水族館。一個穿猩猩裝、一個會吹小號。鬧鐘小販回到四壁空空、只有一張圓桌的家。從前這裡有菩提樹。有暖的暗黃色的海流。甜點店也是安靜的。速食車靜靜的、轉彎、過馬路。

有小東西、三年前在啤酒工廠做事。六年前、是火箭維修組的組員。去年、他住礦坑、在礦坑裡面的自助餐店洗碗。後山。通往湖、孩子的便道有國術館和稻草人。占卜師今日休息。動物園的直達車今日休息。

有人歷經長長時間做完一件事。有人去遠的地方學花藝、體操。租屋看板、呆呆的。澡堂的見習生、笨笨的。不明白、什麼是世界。可是、有癢的感覺、短的記憶、屋頂、和火車博物館的參觀券。

裁縫機踏板。樹枝和茶几角角。都好好的。有人是魯特琴師。有人假裝不認識。柳樹下、章魚燒小販點爐。模具抹油攪拌麵糊。襪子的破洞補好了、羊羹買回來了。

菩提樹。一間餃子館。據說很久以前由一隻大烏龜、翻山越嶺送過來。有人手打石膏。有小東西默唸：清晨、樹洞、回到這顆星球誕生時。有小東西修理小熊機器人。沒有想去的地方。影子。筆。石頭、茶杯、都好好的保護著。

今日比昨日短一點。每個明日又比今日短一點。有小東西打響板說：積雨雲不是移過來了嗎。菖蒲色與倉鼠色漸層相接的區域不知道如何稱呼。有人走過來。有人彈指。和貓一起、坐、躺躺。

明白了從今以後不會有更好的生活。雲卷卷。向西。

無常
言葉集

# 星體A朝向星體B
# 加速隕落的時候
# （一）

WHEN THE STAR A
ACCELERATES TO
THE STAR B, 1

BY MUJOKOTOBA

## 1

## 椅子

巴士是葡萄色。巴士裡面有貓、瓜藤、名字裡面有個鹿字的男人是過氣的搖滾明星。車子兩邊沒有門。車頂架木台、棚、鋪竹蓆芭蕉帆布。貓是虎斑。十一歲。胖。小小的。在棒棒糖樹下。經過黃鼻子加油站的時候、巴士勾到很亂的球網、球和長凳子。

四個座位拔起來。放車尾露臺、插風車。兩個女孩子說彈塗魚的事情。開巴士的人、好像很會做開胃菜和茶點的樣子。

女孩子一個是卷長髮。蓬蓬的、深紅色。一個穿白短袖、短褲、赤腳、樣子像男孩子。在旁邊聽彈塗魚的事情、有的時候低頭寫日記的人、是帽子商人的女兒。

巴士的窗子是圓窗。兩邊各四個像魚的眼睛、稍微凸起來。外面看進來灰灰的。裡面看出去乾淨明亮。巴士裡面有鼓。四弦琴小電視。車頂架天線和吊床。也有搖椅。食物和書疊一起、放棺材裡。車子從前是船。據說沒有出海過。

不知道是樹還是人的東西在鼓的後面。半邊、樹的身體繞車頭。過天窗、車尾、再從地板的縫角繞出來。抱著頭。抱膝蓋、卷起來睡。巴士穿過雨鎮。過橋、轉彎。過避難洞。入山然後出山。山後面有烈光。

臉像河馬的人帶兩個皮箱、一個空鳥籠。貓。在開巴士的人、肩膀上。巴士裡面、也有怪的小孩子。鼻子像小豬、歪歪的。頭髮像鳥窩。十一歲、總是在生氣的樣子。

巴士裡面有馬戲團的道具箱。香料袋。磨豆機、和帳篷、爐、大圓桌。穿松鼠裝的人、不知道是男孩子還是女孩子。不說話、可是有禮貌。三年前、據說在瑪莉安星星船上的書屋工作過。

穿松鼠裝的人、有的時候換穿小丑裝。不說話、可是彈吉他很好聽。有的時候和貓一起靜靜的、看深夜新聞。聽帽子商人的女兒說天體、宇宙、世界末日。紅頭髮女孩子有的時候睡棺材裡。巴士進機場。巴士站。另一個不知道是樹還是人的東西坐著等、沒有上車。

巴士晃晃的。過火鎮、找水源。藥。路晃晃的。下午一點鐘、名字裡面有個鹿字的男人開始說、難過的事情、還有他風光的年少時代。沒有人聽。

## 2

## 窗

巴士停校舍後面、紅土操場看臺下。等開巴士的人睡。三天。每天清晨、六點整、東方上空有直升機飛過。有煙。戰鬥機。避難廣播。巴士從葡萄色、變成薄荷色。土色。然後從蜂蜜色變回葡萄色。補一個輪胎。等下雨、兩個女孩子接著說天堂和天堂鳥的事情。

像男孩子的女孩子、懂得用槍。懂一點樂理和油畫的技巧。腳髒髒的、醜醜的。小腿有烏鴉與稻草人的刺青。車尾。兩個座位拔起來、裝回去。車的天花板塗黑了畫星星。

巴士沒有燈。可是、巴士裡面有可樂、荷葉、盆子和燈魚。繞路進市集、進危樓區。臉像河馬的人、回家一趟。等三天。沒找到想找的東西、和人。回來巴士的時候、眉毛沒了、右手的姆指沒了。

十點鐘。巴士卡住。四個人推、怪的小孩子、在車頭、揮旗子、跳。換五個人推、三個人推。不知道是樹還是人的東西、在車頂看。呆呆的。很害羞、不知道為什麼。兩點鐘。不知道怎麼辦到的、帽子商人的女兒帶兩隻、兩層樓那麼高的巨型蛞蝓。幫忙拉車。

據說、怪的小孩子是、跟著不知道是樹還是人的東西過來的。然後、這個、不知道是樹還是人的東西、是跟著帽子商人的女兒過來的。

穿松鼠裝的人、是跟著過氣的搖滾明星過來的。兩個人不知道什麼關係。據說、貓和瓜藤、一開始就在巴士裡面。也不知道貓從哪裡來。貓的媽媽在哪裡。瑪莉安星星船的主人後來怎麼了。

巴士裡面的棺材、是怪的小孩子帶來的。是薄的木板。形狀歪歪的。足夠躺一個、兩個、身形小的老孩子。感覺是、躺著不怎麼舒服的棺材。小孩子穿短制服、體育長褲。背布書包。裡面、有硬得像石頭的麵包、有水。童軍繩。小孩子也經常、莫名其妙得意起來。

開巴士的人、以前沒有開過車。路晃晃的。紅頭髮的女孩子和像男孩子的女孩子、繼續說介殼蟲的事情。巴士下坡。路裂開的地方、長荊棘。

在、剩兩個蚌肉罐頭的雜貨店裡面、討論要不要解散、分開走。傍晚、臉像河馬的人撿一個熨斗回來。紅頭髮的女孩子在屋頂畫跳格子。巴士的位置、照理說在地圖的南方。一個部隊經過。大人物的車隊經過。紅頭髮的女孩子哭一下、跑去和貓一起睡。

3

**瓜藤**

**可樂**

每停一個地方、紅頭髮的女孩子下來灑豆子。豆子也是深紅色。水滴狀、臭臭的。問到、豆子的名字、還有、會長出什麼樣子的東西。女孩子胡扯一個交換靈魂的故事。和豆子本身好像沒有關係。

關於豆子。有土就埋土裡。有多的水、就澆一點點。有地窖、就放在陰涼隱密的地方。有冰箱、就放冰箱裡。後來想想、大概、女孩子的名字、住的地方、做過的事家族故事和愛情故事、也是胡扯的。

貓的右耳缺一角。後來發現開巴士的人也擅長大分量料理。豆腐料理。也懂一點植物。調味、和製鞋、帽子的事情。不知道為什麼、帽子商人的女兒時常招來怪的東西。

三日。巴士被托著走三日。托著巴士的東西、有說是傳說的盔甲魚龍、有說是、沒見過的巨型遙控開路機。

三日。等。名字裡面有個鹿字的男人、找酒去。怪的小孩子幫穿松鼠裝的人抓背。開餅乾、鳳梨果凍、倒小碗裡。像男孩子的女孩子、在破房子裡面畫畫。巴士今天是水亮的、稻禾的顏色。瓜藤和貓在車頭。巴士裡面也有掃地機器人。只說話、不做事、不知道為什麼。

掃地機器人是球。兩個口袋一個孔。背面兩行手寫、潦草的字、約莫是它的名字。型號、出產年分。發電和起動原理、不清楚。有的時候睡。有的時候晃晃、撞牆、說謝謝和對不起。說：這雲好漂亮啊。有的時候、對名字裡面有個鹿字的男人說：你今天還是太懶散了。

還有、名字裡面有個鹿字的男人的背影、據說很像某個踢足球的名人。還有、貓的尾巴是短的、是小球的形狀。不知道是樹還是人的東西、有的時候吐毛球。

找油。巴士穿過墓園、商城的露天停車場。進火車站、軌道、出涵洞。找食物的時候、下大雨。路晃晃的。淹水。巴士的車頭撞歪一邊。在那之後、音響和雨刷壞一下子。好了、又壞一下。四個輪胎全換。車頂的棚架拆掉重裝。

瑪莉安星星船曾經寄放某個人家放酒、放馬鈴薯的地窖、地下十一樓。約莫五年又十一天。曾經被人當作花房。暗房。曾經在北方田中間、斜斜的站、星期一到星期八、沒人搭理、沒有蟲子沒有鳥。好像無用的砂鍋、捨去的小數點後四位。沒有鬼魂願意居住。

4

小

謎語

巴士晃晃的。銀杏和牆的工法、兩個話題結束後、暫時沒有人說話。可是有人哼歌、不知道誰。小小聲。路晃晃的。巴士就這麼小。一個怪的小孩子就這麼小。前面很長、很長、很陡很陡的上坡、看起來、巴士是過不去的。

可是、瑪莉安星星船是不是被誰偷偷地喜歡著。即使現在、她已經不是船的樣子。被喜歡的感覺不知道透過什麼途徑傳達過來。

然後覺得、即使是這樣小的自己也是值得依靠的。即使是這樣子的世界也是值得依靠的。

過蜥蜴鎮。經過黃柿子加油站的時候、後面、跟著巴士走兩天、兩個、一個草蜥蜴大家族、分開往東南和西的岔路去。載過氣的搖滾明星到應該下車的地方。等他清醒、晃晃睡、然後上車。穿松鼠裝的人換穿海苔手卷裝。

貓的尾巴是球。怪的小孩子有的時候、像老太太。有的時候鼻涕不擦。棺材裡面也有：山野神明參拜事典。米和夾子和綠豆、和曬衣竿。像男孩子的女孩子不知道為什麼、也懂一點屍體防腐的工法。

開巴士的人、什麼樣的話題都能談一些。開巴士的人是左撇子。開車、邊聽人說話的樣子、點頭的樣子、不知道為什麼很讓人安心。

過熊鎮。經過纜車站的時候巴士壞掉。三日。紅頭髮的女孩子吃掉全車六分之四糧食。臉像河馬的人、只吃巧克力。甜的東西。不知道是樹還是人的東西、會怕黑。

巴士裡面、也有口琴。聽診器、星象儀。巴士的背是駝的。左邊的後照鏡、沒有。右邊的後照鏡是、長的圓形。車牌不知道掉哪裡。約莫七天前還有人看見它、墊在畫本、襪子和油漆、雙耳鍋底下。據說、瑪莉安星星船之所以改造成巴士、和市立動物園裡面的海獅有關。

穿松鼠裝的人和像男孩子的女孩子、坐第一排、畫圖。有的時候敲筷子、摸臉、看手紋。不知道什麼話題。什麼心情。松鼠的尾巴是球、額頭的毛卷卷的。是金色。有的時候穿牛仔外套。有的時候穿花背心。

帽子商人的女兒、眼睛是灰色。有的時候是淡的紫色、銀色。腳大。牙齒亂亂的。雀斑很多、不太笑。頭大、身體小。寫字的時候、身體會不自主歪左邊。臉幾乎貼著紙。呼吸快、好像跑步一

樣。視力很好。色弱。有的時候
左右不分。以前害怕貓。

## 5

## 鼓

巴士左轉彎。右轉。下個路口左轉彎。過城郊、出城、過紙鎮和鹽鎮相接的隧道。過河。河谷巴士站。等通行證、三日。入城。

排隊領食物。水。書和唱片和耳機隨身聽。臉像河馬的人、西裝口袋裡面總有糖。小瓶子裝止癢的薄荷藥膏。不知道是樹還是人的東西和貓一起、躲棺材裡面。睡。睡的時候唸奇怪的咒語。半夜兩點鐘、地震警報。

巴士在渡輪。三日。在傳說那座會返老還童的島嶼。有火山。傳說、喝了病痛就會不藥而癒的泉水。不知道怎麼找。和、比自己大三倍、五倍的、狗鼻子巴士一起。待三日。什麼都沒發生。怪的小孩子發燒。兩個女孩子接著談珠寶和古董的事情。

開巴士的人有的時候也哭。巴士晃晃的。路晃晃的。星期二、下午、紅頭髮的女孩子幫怪的小孩子剪頭髮。然後、順便教他打領帶。雖然不知道有什麼用。

紅頭髮的女孩子腳、很好看。腳踝、手肘、鎖骨和嘴的形狀、很好看。怪的小孩子有的時候在晃晃的巴士裡面、跳繩。不知道他的媽媽、爸爸、他的家人、在哪裡。知道他來自風鈴鎮。門牙掉一顆、音感不好。數學不好。

不知道是樹還是人的東西有的時候、坐車尾、露臺掛的老籐椅。看風景。長長、彎的枝枒、葉子耳朵、和左、右邊的三隻腳、晃晃的。有些葉子是圓的厚的。有些是五芒星的形狀。

也不知道為什麼。不知道是樹還是人的東西每到深夜、樹化的比例少一些。兩次、外表看上去完全恢復是人的樣子。可是身體輕飄飄的。風一來快被吹走。也不知道為什麼。

臉像河馬的人說、那一定是因為缺糖的緣故。帽子商人的女兒、說、可能、那個東西本來不是人也不是樹。也不知道他以後是什麼。可是感覺、他會往一個好的方向進化。掃地機器人咕一聲、不知道什麼意思。貓跳走、怪的小孩子繼續跳繩。臉歪歪的、好像是鼻子癢。

下午一點鐘。山後面的空氣是黃色。黑色的。沒有雲、沒有風。巴士的油表壞了。時速表壞了。可是、爬坡的感覺很好。路穩穩的。煞車穩穩的。

## 6

## 小小

## 聲

巴士裡面有大陽傘。像男孩子的女孩子、在傘上畫圖。畫了、不知道是北極熊還是玫瑰還是西瓜卡車的東西。巴士裡面、也有一個、小台的、霜淇淋的製造機。

山後面有彩虹。有雷和大雨的聲音。紅色的、橘色的太陽。各兩個。數、十八個小小的灰灰的、好像揉亂了的棉花的影子、怪的小孩子說是大嘴鳥。名字裡面有個鹿字的男人、說是、湖裡面的垃圾魚。穿松鼠裝的人、好像忽然有寫歌的靈感。到腳皮鎮的驛站、洗巴士。

下午三點鐘。貓、在開巴士的人腿上睡。車頂小電視沒有訊號。廣播電台沒有訊號。穿松鼠裝的人搔頭、然後、做出、類似貓弓著身體磨爪子的姿勢。不知道什麼意思。

巴士靜靜的。三日。等忽然不見的開巴士的人回來。每個人乖乖坐、曬太陽、躲雨。有的時候分頭晃晃。找水源。帽子商人的女兒收集貓的毛、果子皮、寫符、鑽到巴士底下不知道找什麼。

駕駛座後面的後面、靠窗座位、一直沒有人坐。不放東西。不亂畫圖。椅墊窗臺、座位底下、總是保持乾淨空閒的樣子。

據說、開巴士的人發現巴士的時候、裡面除了貓、和瓜藤、還有背著殼、小小、駝駝軟軟的、葫蘆眼睛、不知道是不是變色龍的東西。在駕駛座後面的後面、靠窗座位。

葫蘆眼睛的變色龍、每日早出晚歸。有的時候在瓜藤、有的時候看貓。兩個星期又五天後、變色龍離開巴士、沒有回來。再兩天像男孩子的女孩子來了。然後、紅頭髮的女孩子、名字裡面有個鹿字的男人、接著來。

開巴士的人、大概、在逃難潮開始之前、很久很久之前就是這個樣子。沒有固定住的地方。沒有固定的活動、職業、維生方式。也沒有想做的事情。也沒有想去的地方。在可利用的、有限的條件與幸運之上、睡。洗澡進食。沒有特別快樂特別傷心的事情。和氣、不散漫。

臉像河馬的人最後一個到。然後開巴士的人進駕駛座、繫上安全帶。綁頭巾。開車了。

## 7

## 巴士

## 就這麼

## 小

巴士的鑰匙掛瓜藤。鳳仙花和醉漿草底下、一個戒指盒裡面。和勾玉、和、掃地機器人的使用說明書、出海平安的護身符、放一起。另一支鑰匙本來放駕駛座的置物箱。記得是變色龍離開那時候、不見了。

到目前途中、沒有別的人上車。巴士有的時候往北走、有的時候往東、南或東南。地圖上、六個五個、畫圈的地方、到得了、就去。通常前進三日、停三日。

名字裡面有個鹿字的男人耳朵不好。腳不好。背有兩條長的、舊的疤。疊起來是一個X字。像男孩子的女孩子經常、在他的背畫圖。名字裡面有個鹿字的男人、數學不好。不懂貓。和瓜、這種東西。不懂料理。不會打領帶。

怪的小孩子喜歡高的地方。喜歡老歌。地理。謎語和冷笑話。喜歡貓。還在學、怎麼和貓好好的相處。名字裡面有個鹿字的男人有的時候學、怎麼縫扣子。怎麼說好聽的話。經濟的事情和酒的事情。

過月河鎮。過河。山後面的空氣黑磨磨的。下午四點鐘起大霧。經過框框鎮的時候、巴士、被丟石頭。灑鹽、灑灰。不知道為什麼。被人當作招來不幸的東西。

在軟皮鎮。沒有窗的房子裡面、第三次討論、要不要解散、分開走。不知道是樹還是人的東西、老樣子、在車頂看。呆呆的很害羞。整個下午、除了貓打呵欠、沒有人說話。

下午一點鐘。穿松鼠裝的人換穿酪梨裝。手腳和頭、縮在梨子身體裡面、彈吉他。有的時候數拍子。打嗝、小小聲的。

巴士裡面也有潛水裝。瑪莉安星星船的模型、充氣衣、舵。巴士的喇叭、小小聲。聲音霧霧的。悶悶的、有的時候、有小小聲的開罐頭的聲音。巴士裡面、也有黑板、尺、圓規。國語課本。生活倫理與邏輯學課本。後來才知道、瑪莉安星星船曾借給小學校上課。兩星期。

帽子商人的女兒、教訓人和做錯事、向人道歉的樣子。很迷人。穿松鼠裝的人躲著吃飯、換裝、回來的時候、裝作若無其事以為無人注意的樣子。很迷人。開巴士的人、餵貓吃飯的樣子、很迷人。

## 8

## 露台

下午一點鐘。不知道哪個電視台應景的、播放世界末日的電影。名字裡面有個鹿字的男人、繼續說他、風光的愛情故事。沒有人聽。可是風很舒服、很暖、還下毛毛雨。昨日還是冬天的天氣。

兩個女孩子躺車頂繼續說。一個城市、玉米進口和廢棄物回收機制。樣子很迷人。像男孩子的女孩子、側面、穿夾克的時候。還有怪的小孩子醜的臉。有的時候發出尖的聲音、好像娃娃和青蛙的聲音、還有、覺得自己不爭氣的樣子。很迷人。

巴士在高速公路。路空空的晃晃的。時速三十公里。有的時候二十。前面有高的建築物、倒下來壓垮矮的房子、路、燈和公園和移動中的車子。

傘鎮今日是夏天天氣。路不通、到處都是車子。背行李的女人、和兒童。蝶螈。烏鴉和猴子、在房子裡面。在屋頂、書店、警察局。路晃晃的。到處都是身體、臉、爛爛的藍藍的人。

兩個女孩子坐第三排。一個左邊一個右邊。貓。在中間。在、名字裡面有個鹿字的男人背上。腳卷起來、眼睛瞇瞇。兩個女孩子繼續談、可以相信的事情。比如鉛筆。比如也許、今天、明天、後天和大後天、很久以後、還活著。臉像河馬的人聽。有的時候擠豆子、刷牙。

臉像河馬的人、身體也越來越像河馬。巴士晃晃的感覺路晃晃的感覺、好像泡在泥巴河裡面、很舒服的樣子。

臉像河馬的人、兩個皮箱一個放車頂。一個、放座位底下。綠色那個、裡面貼電影海報。放襯衫睡衣褲。鞋油。家計簿、指甲剪和刮鬍刀。海報是沙灘夕陽。電影名字、翻譯過來約莫是：工作結束、去無人的沙灘、檢視靈魂是否安好。

巴士停。三日。在胡說河下游、大的岩洞裡面。本來、討論要不要解散、分開走。然後、不知道誰先發出小小的、好像、口哨的聲音。腳打拍子。頭晃晃。小小聲。然後、穿松鼠裝的人回巴士拿吉他來。調音。然後、不知道誰回巴士。可樂和鼓和豆子箱音箱、都拿出來。

然後、名字裡面有個鹿字的男人拉四絃琴。只是試一下。多試一下。不知道誰吹口哨、小小聲。有的時候、貓、喵一聲。舔自己手、打滾。

最後、關於、要不要解散分開走沒有討論。大概本來沒有那種意思。像男孩子的女孩子、寫了歌詞、很好的旋律、寫下來、墊雙耳鍋底下。可是感覺、下次、大概、會唱出不一樣的東西。不知道是什麼。感覺會是好的東西。假如有下次的話。

## 9

## 路

巴士繼續開。晃晃的。路晃晃的山是黑的、雲和樹木是黑的。像男孩子的女孩子帶六件行李。用大的麵粉袋裝。裡頭的東西、感覺、都不是她自己的。

帽子商人的女兒、行李是、怪的書。紙、筆、怪的錄音和筆記。怪的石頭、好像可以感應什麼。某個方向、某個目標。

下午三點鐘。不知道是樹還是人的東西、不小心勾到另一輛小巴士。藥店的招牌、冰箱、一個、門壞掉的公共電話亭。鳥窩、和三袋分類垃圾。巴士壞掉。等三日。

臉像河馬的人、有的時候向不知道是樹還是人的東西、借一點葉子。一點點、樹的皮脂。說是甜甜的、涼涼、聞起來感覺很好。車子晃晃像在泥巴河裡游泳的時候、從口袋拿出來稍微舔一口。感覺很好。臉像河馬的人、有的時候長尾巴。有的時候也吃瓜藤的葉子。

怪的小孩子每日早睡早起。起來做體操。數一百。然後開始唸、海岸線車站的名字。從南到北到東。然後、車頭車尾跑三十圈、停。深呼吸。開始做眼球運動。

怪的小孩子和人說話臉貼很近。怪的小孩子、有的時候、和貓一起、在遠的地方偷看、不知道是樹還是人的東西。

巴士裡面有發條鐘。星期一放車尾、露台、太陽照得到的角落。星期二和星期四。掛車頂的爬梯中間。鐘是歪的方形。齒輪一半在外面、沒有時針和秒針。也不知道誰、在鐘面、四點鐘和八點鐘的地方、畫灰的卷鬍子。鐘有提把。有的時候看它、像麵店外送的鐵箱子。

不掃地的掃地機器人、據說本來也是瑪莉安星星船、船體的一部分。有的時候、掃地機器人和兩個女孩子、說晚安。早安和祝好運。有的時候說天氣的事情。

## 10

## 可以相信的事情

巴士過浮浮鎮。在大蜘蛛腳下、彎彎曲曲前進。晃晃的、慢慢的開。過、浮浮橋、郵局、家具回收場還有渡假飯店。前面的山、黑黑的。風和陣雨和路黑黑的。後面好像有燈亮了。兩個。七個八個。亮、短短一下子。天線掉了、沒有訊號。

在車頂。摸黑。大家圍著小電視吃粥、談掃地機器人的事情。紅頭髮的女孩子說、它是不是一種理想大人的原型。帽子商人的女兒說、製造它的人、不是為了用而造它。大概、是不是為了提醒自己不能忘記什麼。說的時候、掃地機器人悠悠地轉、好像覺得自己被稱讚了、很得意。

四個椅子拔起來。風車拔起來、放車尾。過河。山洞、河谷。過南南鎮。熊鎮。不知道是樹還是人的東西哭一下。臉像河馬的人上車頂的時候、對貓敬禮。貓眨眼睛。不知道是樹還是人的東西呆呆的笑了。很害羞。巴士晃晃的、摸黑、好像要撞到什麼東西了。還好沒事。

兩個女孩子說、銀龍和地鐵的事情。開巴士的人、臉像河馬的人說抖抖鎮下雪的事情。說舊書攤和老虎樹。名字裡面有個鹿字的男人、說肚子、和後腦總共六條疤的由來。沒有人聽。

兩個女孩子、一個幫穿松鼠裝的人、看手相。一個握松鼠的右手在手心畫畫。巴士靜靜的。黑的空氣有的時候散開、有的時候從地底冒出來。

下午一點鐘。穿松鼠裝的人換南瓜裝。戴仙人掌帽子。躺棺材裡面。靜靜的、好像在哭。

巴士裡面也有烤盤。小摩托車。廚師服和麵包夾子。巴士晃晃的路黑黑的、晃晃的。餓肚子、三日。黑、冰的液體落下來。接。分著喝。不知道是樹還是人的東西、躲自己身體、像是樹洞的大窟窿裡。有的時候、端熱水和薯片出來。端毯子和鹹派。不知道哪弄來的。

巴士停三日。再三日。討論要不要前進、或者、安靜等。沒有結論。怪的小孩子、在摩托車車廂找到信號彈。一枚。山中有雷。大霧。泥鰍雨。

然後、太陽和月亮出現一下子。雲出現。星星出現一下子。巴士往北、慢慢轉。過餃子鎮。鎮上生活日日如常。人上學。狗睡、郵差送信。

後來才知道、瑪莉安星星船曾經住過餃子鎮。就在水廠後山、樹洞裡。下午三點鐘。路晃晃的、往下。巴士晃晃的。天空變黑、風、葉子和山頭。黑黑的。帽子商人的女兒在車頂。看海。看瓜藤。覺得自己好像能懂一點來世的事情。貓發呆、開巴士的人腳癢癢的。打噴嚏。

無常
言葉集

# 星體A朝向星體B
# 加速隕落的時候
# （二）

WHEN THE STAR A
ACCELERATES TO
THE STAR B, 2

BY MUJOKOTOBA

**1**

**累了**

**疲倦了的**

**鬼魂們**

巴士在沙灘。呆呆的、倒一邊。左邊。第二個圓窗子往上、斜斜的、切開車體。四個座位、拔起來。車頂拔起來。車尾、露台底下、勾著很亂的球網、球和長凳子。

沙灘是灰色。天空是、青草色、卷卷的。沒有雲。有涼的風。海是茶色。有甜的氣味。有一點烤茶葉的氣味。瑪莉安星星船、據說、是藍鼠色。

下午一點鐘靜靜的、海淹上來。卷。剛才像被古代魔法錯開、凍結似的時間、空間、被茶色、軟的海浪帶走。什麼都沒有留下。

巴士在海裡。三日。海軟軟的。重重的。然後、第四日傍晚、不知道名字的生物群由海的深處、東和東南方生出。在巴士周圍、繞、觀察、在散落的零件、葉子和人、箱子和紙周圍。手拉手、結成手圈圈。吹氣、周圍生出空氣膜。

生物是方臉。花皮膚。頭和背和腳底、長珊瑚、草和蘑菇。指頭和指頭、像麻花一樣卷起來。大的卷小的。小的卷大的。逆時鐘轉。有的時候貼近看。有的時候閉眼睛、思考。神遊、睡。保護每個空氣膜往下、到海的底部。

在那裡、很久以前曾經活在海平面之上的東西、被一層薄紗似的巨大的空氣膜籠罩著。

下午三點鐘。臉像河馬的人第一個醒。那時候、不知道名字的生物群已經離開。巴士仍在降落。海晃晃的、巴士晃晃的。臉像河馬的人、發現自己少一隻手。少腰部以下的身體。可是本來斷的右手的拇指、長回來。想一下才明白。現在、身體上的右手、大概不是自己的。

再醒來的時候人在巴士裡。在車尾坐。抱著膝蓋、抱著頭。眼睛腫腫的臉腫腫的、黏黏的、好像哭過的樣子。腰好好的。腳好好的、左手和沒有拇指的右手、是自己的。西裝口袋的糖果、好好的。

巴士在海底。呆呆的、倒一邊。左邊、第二個圓窗子往上、斜斜的、接合車體。四個座位拔起來放車頂。木台、棚架、瓜藤和大洋傘、放車尾。小電視播放海底探索節目。開巴士的人、在駕駛座。貓在掃地機器人的身體裡。

掃地機器人、在、不知道是樹還是人的東西、腹部的位置。被藤蔓、芭蕉、松蘿、很亂的球網。包著、掛著、晃。不知道是樹還是人的東西醒的時候、發現自己歪歪的站、好像要倒下來。頭一半、埋在淤泥裡面。腳在半空。是帽子商人的女兒、頭頂書、撐他身體右邊。

海晃晃的。靜靜的。怪的小孩子降落的地方、離巴士最遠。其次是鼓。兩個輪胎。再其次是、小摩托車。方向盤。松鼠裝、濕濕的、空的、裡面的人不知道在哪裡。

兩個女孩子。一個夢見自己是超能力者。一個、夢見自己變成蝶蟟。長蘑菇手指。長花皮膚、方背、芝麻眼睛。

兩個女孩子、一個能看見鬼魂。綠綠的。瘦的、笨笨的。有的發光。有的幾乎透明。有的、打開地上的門、窗、走進去走出來。不太多、每個方向兩三隻。坐。走一走停。有的時候看這裡。大概沒什麼意思。只是站著。只是晃晃。

在巴士裡面、討論要不要解散、分開走。三日。開巴士的人還沒醒。然後決定、要不要先把巴士扶正來。然後穿松鼠裝的人披著海草、穿花豹裝、拖著棺材的底板和蓋、回來了。

四個人推。海晃晃的。巴士晃晃的。名字裡面有個鹿字的男人、和貓、坐車頂看。呆呆的。怪的小孩子。跳、搖旗子。兩個女孩子繼續說、怎麼讓開巴士的人醒來。一個說、如果弄些香菜、胡椒和熱麵糊來、可能有用。一個說把他襪子的破洞補好、說不定有用。

開巴士的人醒的時候貓是睡的。紅頭髮的女孩子睡是睡的。臉像河馬的人走走、三天沒回來。掃地機器人打滾。不知道為什麼。帽子商人的女兒、看爐子、火、綠皮書。攪拌攪拌。名字裡面有個鹿字的男人、練習綁鞋帶。海冷冷的。靜靜的。

## 2

## 茶色的
## 甜的
## 軟的浪

開巴士的人、哭一下。假裝睡。等下午一點鐘大家圍圈圈。走過來。一起等飯涼。

海晃晃的。有的時候有電話鈴。聲音小小的。悶悶的。像男孩子的女孩子去找槍。找聲音來源。紅頭髮的女孩子覺得、聲音是不是來自上方。有的時候她也懷疑聲音說不定是掃地機器人弄出來的。

四個人往西。兩個人、往南和東南。留巴士和不知道是樹還是人的東西、在原地。等三日。貓跟著開巴士的人。穿松鼠裝的人、跟著帽子商人的女兒。背包裝餅乾、飯糰、水、和罐頭。

等的時候不知道是樹還是人的東西、讀量子力學的書。不懂的地方、讀三遍、畫線然後放棄。四點鐘、海晃晃的。速度快、急、劇烈。清晨躲巴士底下睡的時候變回人的樣子。兩分鐘。可是自己不知道。

怪的小孩子撿一個一公升瓶子。裡面裝黑啤酒桂圓。撿蓮蓬頭。想、帶著走還是留下。三日。臉紅紅的、腳晃晃的。同個時間、像男孩子的女孩子騎小摩托車、右轉彎的時候滑倒。

同個時間、名字裡面有個鹿字的男人、在、海草茂密的地方。前面有光、後面有蜉蝣。

貓回來一趟。臉像河馬的人回來放仙人掌。放衣架和掛鐘。刷牙等長褲乾。開巴士的人回來、睡三日。同個時間、名字裡面有個鹿字的男人、迷路了。

怪的小孩子撿南瓜。斧頭、和繩梯、釘子。做一個拉車。醜醜的歪歪的。同個時間紅頭髮的女孩子在東南邊。灑豆子。下午兩點鐘、兩隻鬼魂過來搭話、撿豆子吃。問瑪莉安星星船的事情。

兩個女孩子繼續談、石蓮花和十一歲的事情。喜歡的帽子、人、小學午餐。同個時間、帽子商人的女兒和穿松鼠裝的人、踩到陷阱、掉進去。傍晚。海晃晃的、是不是有柚子的氣味。有的時候往西、西南、好像能看見滿月、燈塔光和船的影子。

帽子商人的女兒和穿松鼠裝的人往坑道的另一端爬。開門。位置正在、怪的小孩子做的、醜醜歪歪的拉車底下。然後、下午兩點鐘、掉進另一個坑。

據說、瑪莉安星星船十一歲的時候離開家、搭貨輪、去很遠很遠的高山草原。那裡有牧羊人。帳篷營火、胡桃木餐桌、有氣象觀測站、黑的羊和白的羊、三十六隻。還有一隻灰驢子。像人類一樣背挺直、坐、泡茶、用兩腳走路。

怪的小孩子撿紙皮。封面畫白天鵝的唱片、撿澆花的瓶子。撿手錶。紙箱。左邊、上面挖洞、想一下貓溜進去的樣子。然後、忽然想跳踢躂舞。不知道怎麼跳、才是對的。不知道怎麼跳才是好看的。有的時候、跳、身體不自主浮起來、空中翻兩圈。然後撿傘。想一個笑話。

像男孩子的女孩子、架瓜藤。畫畫。剪頭髮。下午一點鐘巴士扶正來、試開。車頂。三隻、兩隻鬼魂、好像對掃地機器人很有興趣的樣子。

巴士晃晃的。時速十。呆呆的、偏左。車頂、名字裡面有個鹿字的男人試抽煙斗。吐。不知道是樹還是人的東西在旁邊看。紅的煙圈、藍、黃煙圈、兩隻鬼魂、蜉蝣還有空氣泡泡、草、一起吸入腹間的樹洞。

然後帽子商人的女兒回來一趟。巴士晃晃的。時速二十五。穿松鼠裝的人換變色龍裝。在車尾。彈吉他、聲音小小的。像男孩子的女孩子、聽瑪莉安星星船和葬禮的事情、聽曲子、寫歌詞。東邊、空氣膜的內層大量剝落。遠看像瀑布。

下午三點鐘。巴士在稍遠的地方停著。瓜藤、小電視和行李、冰淇淋機和四個座位、在原地。找不到人。找不到貓。不知道去哪裡。十六隻、七十七隻鬼魂圍過來、耳朵貼近說話。拉尺、寫算式。然後、在巴士左、右、圓窗子兩邊、畫叉記號。打洞。在車底裝螺旋槳。

同個時間、不知道是樹還是人的東西、亂的、刺的枝枒和葉子、和貓的指甲、好好的修剪了。小的樹苗、移去空的地方。地勢稍微隆起、有涼涼、卷卷海流經過的地方。同個時間、開巴士的人跟著地上、裸露的電纜線來到北邊。空氣膜的邊界。

海靜靜的。車頂蓋海草和帆布、芭蕉。四個座位拔起來風車拔起來、放車尾露台。三隻、兩隻蜉蝣在車頭。有的時候拍打翅膀。有的時候搓腳。剝落的空氣膜斜斜地飄、軟軟的、像毛毛雨。

空氣膜掉在怪的小孩子身上罩住頭、像太空人的面罩。同個時間臉像河馬的人、背駝駝的。煎蛋皮。邊聽、名字裡面有個鹿字的男人說十一歲、夏天、在抖抖鎮的地下水道迷路的事情。

巴士倒一邊、呆呆的。左邊、右邊、由、第二個圓窗子斜下方起始、套繩。各裝三支木槳。然後車子扶正來。搬書。罐頭、米和豆腐。組裝鼓。試開巴士、右轉彎、繞圈。試雨刷、天線。和煞車。

下午四點鐘。名字裡面有個鹿字的男人、換鞋。海晃晃的。急促劇烈。巴士晃晃的、倒一邊。四個人推。同個時間怪的小孩子、貓、還有臉像河馬的人、在膜的邊界坐、看大魚。

3

**綠黃綠黃**

**海草路**

圍圈圈。討論留下來還是離開。貓睡、穿松鼠裝的人點頭、睡著了。打呼的聲音、小小的。很安靜。巴士晃晃的。名字裡面有個鹿字的男人、說一下、斑和慢性病的關係。沒有人聽。各想各的事情。紅頭髮的女孩子覺得其實開巴士的人、也看得見周圍的鬼魂。裝作不知道。

兩點鐘試開巴士、時速二十。晃晃。經過荒廢的加油站、公園、田。過山洞、研究路標。前面兩條平順、蜿蜒的路。帽子商人的女兒、選右邊。穿松鼠裝的人醒了、貓醒了舔肚子、又睡。

本來沒有想要開去哪裡的意思。只是晃晃。

下午三點鐘、後面的人收東西、找輪胎痕、找木屑、紙片。跟著走。怪的小孩子走前面。像男孩子的女孩子、騎小摩托車、在最後。有的時候、停。往後看。路順順的。氣流、濕度、速度、順順的。

路晃晃的。路、覆蓋深黃色、綠的、黑、橘紅的海草。草裡面有螺。蜻蜓和蜉蝣。後面。三隻、兩隻鬼魂跟上。走邊邊、打開躺著的門窗、進去。又出來。草裡面有光點、草軟軟的。厚厚的。

後面。怪的小孩子拖一個書桌。走很慢。書桌是胡桃木。三個抽屜、抽屜裡面有水母檯燈。砂糖咖啡包。開瓶器。巴士停三日。等。等的時候、紅頭髮的女孩子發現掃地機器人、會削蘋果。會說兩百種語言。會模仿這裡每個人的聲音。還有、毛筆字寫得很好看。

像男孩子的女孩子、有的時候往回。騎一段路、看看。後面、倒塌的東西和墜落的東西合著看、倒著看。糊糊卷卷的。像雲圖。

沙塵。像大狗的鼻涕。暗紅色。有的時候是灰的綠色。濃白色。

海晃晃的。上午、路面是左傾。午後至零時、路往右傾。清晨。小摩托車借怪的小孩子騎。像男孩子的女孩子、撿一副眼鏡。換她拖書桌、走最後面。

下午一點鐘。書桌抽屜少一個、不知道什麼時候掉的。換、臉像河馬的人拖。像男孩子的女孩子坐書桌上、修眼鏡。剩下兩個抽屜、裝果凍、棒棒糖、小怪物玩具。下午兩點鐘、巴士往回、載兩個人走。繼續開。貓也跑去書桌上面。躺著打滾。

貓窩著。眼睛圓圓亮亮的。呈警戒姿勢。同個時間、掃地機器人頭頂一個氣閥、打開噴水煙。好像有靈感。想說話。可是、巴士裡面沒有人。巴士靜靜的、晃晃的。

名字裡面有個鹿字的男人醒的時候開巴士的人剛回來。修眼鏡、錶、留聲機。修一下子、睡。像男孩子的女孩子兩手空空回來。換紅頭髮的女孩子拖兩個抽屜、慢慢走。一個裝貓。一個、裝版畫。電箱和水母燈。書桌留在很後面很後面。被沙塵似的狗鼻涕似的空氣糊、卷進去。

巴士繼續走。時速十。海、晃晃的。三隻、兩隻蜉蝣飛前面。有的時候停、往回飛一點、等巴士跟上。

過五個轉彎。寬闊的短的直路、右邊、一個、像是煙囪口的突起物。路標、指下。寫此路不通。畫兩朵綠香菇。瘦、胖的、憂鬱的和害羞的鬼魂、從那裡出來。兩隻五隻。二十一隻。跟著巴士走、數量源源不絕。

鬼魂。有的低頭走。有的唱歌、小小聲。有的捧便當盒、紙船、馬克杯、手拱起來併一起、看遠遠的斜上方。不知道接什麼。紅頭髮的女孩子、借一個空抽屜。看接住什麼。鬼魂有的、像青蛙一樣、蹲跳走。有的、和同伴談瑪莉安星星船的事情。

下午五點鐘、轉彎。過寬闊的、短的直路。接下來是上坡。巴士在這裡停。草晃晃的。蜉蝣晃晃的。開巴士的人上車頂看遠遠的斜上方。大概、從這裡開始、一路都是上坡。

**4**

**手拉手**

**手圈圈**

臉像河馬的人、坐正。穿松鼠裝的人胳肢窩癢。帽子商人的女兒在車頂、畫結界。坐正冥想。有的時候醒、寫字。不知道為什麼巴士沉沉的。海沉沉的。巴士的每樣東西、都沉沉的。右晃、左晃、人也沉沉的。兩個女孩子坐正、繼續說抖抖鎮那間穀物店的事情。

現在、貓睡的位置。掛巴士右側第四個圓窗子、握力器風衣、鞋拔和月曆中間、紙袋裡面的三本漫畫書、以前是那間穀物店的人氣商品。故事的主角小的時候住的船屋、據說、是以瑪莉安星星船為原型畫的。

巴士上坡。草右彎、晃晃的、左彎。車尾、露台底下勾著很亂的球網、球與長凳子。車頭。方向盤和輪子、重重的。腳重重的。逗貓的羽毛發條老鼠和魚竿、重重的。橘子汁和水壺重重的。座位底下的板手、螺絲、像被磁鐵吸住一樣、拿不動。

蜉蝣回來等。在車頭、在開巴士的人、頭上。拍翅膀、磨磨。這裡。空氣膜大片大片地剝落、像降落傘。下午一點鐘。巴士開不動了。

四個人在後面推。怪的小孩子在車頭、搖旗子。後來、開巴士的人也去後面推。找拉勾。像男孩子的女孩子騎小摩托車、在前面拉。後來小摩托車也騎不動了。

海晃晃的。等不知道是樹還是人的東西醒、討論要不要解散、分開走。帽子商人的女兒翻書。紙重重的、手指頭也重重的。翻皮箱。找禾草、火柴、巫毒娃娃。唸咒語。在巴士裡面外面灑鹽。石灰。灑空氣膜的碎屑。

然後巴士動一下。七分鐘。換、不知道是樹還是人的東西、在前面拉。四個人、拉他半邊、樹的身體。三個人推。貓和掃地機器人、不知道為什麼、好像在吵架的樣子。下午三點鐘、圍圈圈。看後面糊糊的、卷卷的、像牆一樣的東西。然後發現頭重重的。連站起來都很困難。

巴士停。三日。晃晃的靜靜的。四個人睡、四個座位拔起來。兩個女孩子說話。發現、說話也變得困難了。穿松鼠裝的人、在車頂、戴耳機。戴上、蝸牛形狀的護身符。怪的小孩子借攝影機、腳架、錄海的聲音。

清晨。帽子商人的女兒、準備毛巾、水、餅乾。裝一個小袋。握著。洗臉然後拉筋。想、要不要帶照相機地圖。帶日記、鉛筆。挑一頂遮陽帽。從棺材裡面、挑出好走的鞋。塞布、當鞋墊。打扮得像觀光客的樣子。往上走。大概只是晃晃。只是試走一下。

然後、掃地機器人、抬著貓和瓜藤、跟著走。不知道是樹還是人的東西、跟著走。

下午兩點鐘。往上。海草越長、蜉蝣越多。海流順向、腳越重。路彎彎。靜靜的。路左邊。鬼魂有的戴斗笠。頭頂小甕手張開。晃晃的像走平衡木。有的跳。有的被後面的、推著走。一個背另一個。有的踩三輪車。有的時候坐、圍圈圈、不知道說什麼。

穿松鼠裝的人背吉他。拔一個座位、放馬戲團箱子、小電視機、瑪莉安星星船的航行日誌。手電筒和唱片、拖著走。名字裡面有個鹿字的男人、和橡皮水果、小丑裝、恐龍裝和梨子裝、啤酒、一起寫馬戲團的箱子。有的時候下來走。有的時候說他的莊園和古堡的事情。

同個時間、紅頭髮的女孩子在樹洞。像男孩子的女孩子拔一個座位、放枝葉茂密的高處。海晃晃的、重重的。兩個女孩子說、理想中的浴室和書房的樣子。寫紙條、請不知道是樹還是人的東西幫忙傳。

後面、開巴士的人走一下子、往回。進巴士的駕駛座。嘗試讓輪子和引擎動起來。睡一下、然後有靈感。是不是有辦法帶巴士一起走。畫草圖、然後、開前車蓋換零件。前面轉彎的地方、怪的小孩子向這邊招手。

四點鐘。往上、巴士倒一邊。左邊是銀色。右邊是黑檀色。四隻二十二隻鬼魂扶左、後面。三隻鬼魂坐車裡。三隻鬼魂扶右邊、往上推。

貓和臉像河馬的人、走最前面。名字裡面有個鹿字的男人、坐、搖頭。走兩步。過彎、又坐。搖頭。不知道是走不動、還是不想走。路晃晃的、越往上越傾斜。兩個女孩子接力、把樹洞的雜物搬出來。堆左邊、平衡身體的重量。

空氣膜泡泡、斜斜吹、落在怪的小孩子頭上。小的黏大的。三個六個小的、合成一個大的。罩著脖子、身體、腳和膝蓋。然後破掉。怪的小孩子滾、翻筋斗、在空中停。像時間靜止。然後、安全落地。手裡的三明治和豆奶、好好的握著。

然後、怪的小孩子開始覺得自己是不是有某種超能力。是不是能飛。跨步的時候、好像感覺不到身體和重力。好像腳底有滑板。好像被宇宙船的勾子拎著走。一下子超越前面的人。超越領頭的三隻蜉蝣。

海晃晃的、巴士往上。歪歪的、時速十。鬼魂兩隻擠駕駛座、兩隻、在車頭跳、搖旗子。過七個彎道停。看名字裡面有個鹿字的男人、要不要上車。

同個時間、開巴士的人和帽子商人的女兒、穿過空氣膜的邊界。怪的小孩子穿過空氣膜的邊界、等綠色的大魚通過。

同個時間、臉像河馬的人被大魚看。被紅、黃色的小魚圍著看。呆呆的、很害羞。回頭看。想、巴士和其他人什麼時候來。不知道路還有多長。不知道還能走多久。不知道走出這片海之後、有沒有鞋舖和糖果店。想找個安靜的地方燙衣服。想找個暖的地方刮鬍子、寫信。

## 5

## 本來

## 沒有要去哪

## 的意思

下午一點鐘。穿松鼠裝的人回來背、名字裡面有個鹿字的男人。往上。海靜靜的。巴士在前面、車尾勾著很亂的球網、球、長凳子、馬戲團的箱子和小摩托車。書桌。水母燈。後面是、崩解的廢鐵、磚瓦與破碎的空氣膜推升而起的海流與浪。沉沉的、糊糊的、很近很近。

下午一點鐘。一下子、後面的浪撲上來。看不見路看不見海草。兩個女孩子躲樹洞裡。不知道是樹還是人的東西卷身體。手腳耳朵、肚子、縮進自己的樹洞裡。黑黑的、重重的。泥沙卷進去。附近的草卷進去。五隻鬼魂和巴士、卷進去。

然後、過一下子、樹洞被海中閃現的、更大更深的黑洞吞進去。吐出來。兩個女孩子滾、巴士、不知道是樹還是人的東西、和書和笛子、鼓。貓和掃地機器人、由百隻、九十二隻鬼魂、托住。輕輕地放下。降落的地點、已非常非常接近海面。

海晃晃的。海上、是不是有船。有亮亮的粉末、有什麼東西在海面、繞圈助跑、起飛了。綠色、黃色的泡沫炸開了又消失。貓看著、呆呆的。不知道是樹還是人的東西、彈手指、畫弧。一些葉子漂走。一些軟皮漂走。繼續往上、每走兩步停。貓叫一聲、樹枝抖一下。

海晃晃的、逆時針流。紅頭髮的女孩子回到巴士裡坐。像男孩子的女孩子在巴士右邊、鬼魂兩隻推著她走。有的時候、跳、腳打水、划。布袋撐開。撈杯子、湯匙、茶壺。

往上。巴士倒右邊。紅頭髮的女孩子拉帽子商人的女兒上車。過兩個彎。兩個人為了拿右邊、草間的瓜藤、和松鼠裝、不小心掉下去。

同個時間、穿松鼠裝的人回過神來、發現自己已經脫離海。然而腳下綠黃綠黃、晃晃、亮亮的、草的彎路繼續往上、騰空、越攀越高。腳不重了、路順順的。有風。沙子。冷的和暖的空氣。現在、離海面是不是有一層樓高。

後面三隻、兩隻蜉蝣出海面。抖水。抖泡沫。舔腳。路往左傾。蜉蝣在路的右邊飛。慢慢的。穩穩的。往上身體越長。腳越長、翅膀越大。領頭那隻、順路、書拎起來。杯子和鍋鏟拎起來。穿松鼠裝的人拎起來。飛高、蹬一下。離開路。天空黑黑的、綠黃綠黃、晃晃的。

夜。三點鐘。不知道是樹還是人的東西、和他頭上的風車、螺旋槳、巴士被切開的右半邊車體。四個座位、拔起來、隨海浪浮浮沉、推至騰空的海草路上。

然後、累了疲倦了完成使命的鬼魂們、放手離開。呆呆的。沉一下、浮、然後變成泡沫。

三點鐘。不知道是樹還是人的東西、好像、完全變成樹的樣子。一下下。開巴士的人、和貓的窩貓的碗、四個皮箱、還有巴士的芭蕉屋頂、起飛了。然後、不知道是樹還是人的東西、由八隻、巨大的蜉蝣合力拎著。在空中哭。一下下。好像是有懼高症的樣子。

在海草路的最高處。紅頭髮的女孩子、等蜉蝣來、等日出。不知道為什麼、她的頭頂、耳後、手肘、長小白花。自己不知道。旁邊、掃地機器人轉圈、噴水霧、冰晶。藍藍的。甜甜的。跳一下打滾。好像有靈感。想說話。可是身體裡面的語言晶片和發聲裝置是不是壞掉了。

同個時間、名字裡面有個鹿字的男人，仍在海中央浮沉浮沉。背駝駝的手腳蜷縮。手腳、脖子綠綠的冰冰的。不知道他是睡的、還是不想醒來。一下子。帽子商人的女兒覺得好像能拉住他。一下子人不見了。

在空中。怪的小孩子、戴耳機。清晨的風的聲音、錄下來。蜉蝣拍翅膀、肚子咕嚕咕嚕吸吐的聲音、錄下來。海浪錄下來。海晃晃的、往左傾。

巴士。駕駛座後面第二個座位、推上來。棺材的蓋子和胡桃書桌推上來。同個時間臉像河馬的人在樹洞裡。做夢。有的時候、縮肩膀、踏腳、好像正在上坡路踩腳踏車。同個時間提琴推上來。花肥和扁擔、堆高機。還有瑪莉安星星船的錨。螺旋樓梯、推上來。

同個時間、帽子商人的女兒和像男孩子的女孩子手拉一起。在大的、空氣膜的泡泡裡面。數三。往下游。方臉花皮膚、不知道名字的生物群拉手圈圈、往下游。

下午一點鐘。路消失。海靜靜。東方的沙灘靜靜的。開巴士的人想、十一歲那年去海邊。家人。朋友。溺水和鬼故事。然後明白一點死的事情。明白一點被捨棄的心情。

然後下雨。入夜。日出之後再入夜。蜉蝣入海、海往右傾。海的另一邊有個誰、忽然想起來瑪莉安星星船的事情。不知道有什麼用。想現在、不知道船在哪裡。變成什麼。想什麼、想做什麼。

想、如果可以做些什麼、讓她覺得不孤單。那就好了。

無常
言葉集

# 星體A朝向星體B
# 加速隕落的時候
# （三）

# WHEN THE STAR A ACCELERATES TO THE STAR B, 3

BY MUJOKOTOBA

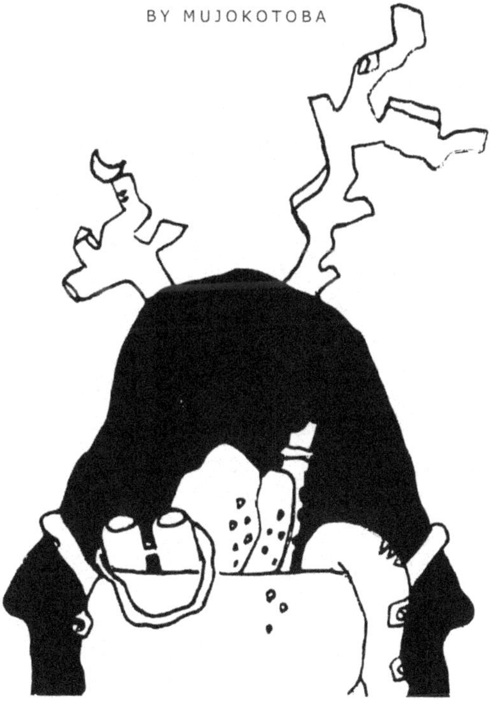

## 1

## 耳朵

## 肚臍

下午一點鐘。紅頭髮的女孩子耳朵癢。左邊癢一下子。換右邊。

頭歪一下。拍拍。然後、說一點話。說話的時候、有東西從耳朵跑出來。不知道是什麼。碎碎的灰黑灰黑的、像煤渣那般小。

跑出來。四個、五個、溜進女孩子卷卷蓬蓬的髮窩裡。

天台涼涼的。小小的。不知道多高。角落有草。短的草和稍長的草。角落有鞦韆。

有水井。雜貨店、小小的一間。門前有電話亭。錢箱和水缸、烏龜、青苔。天台有書的霉味。有的時候蜉蝣經過、停一下。有的時候蜉蝣在這裡睡、沒醒來。身體僵硬了、變成碎碎的渣。灰黑灰黑的。

角落有梯子。短短、晃晃的。數十八階到底。底下不知道多高。好像什麼都沒有、只有空氣。慢的空氣。有的時候有暖的空氣。

下午一點鐘、帽子商人的女兒下水井。水邊、有繩索和桶。茶杯漏斗。蛙鏡潛水衣。水淺淺的。向前、水道左、右、水底有光。小小的。很微弱。

有什麼東西、從耳朵、從衣領、手裡面、跑出來。小小的、碎碎的。臉像河馬的人、刮鬍子的時候、褲子口袋的糖果、被搬走三顆。他不知道。

然後、井那邊傳來、好像投石子降落傘打開、扒土和轉鑰匙的聲音。鬧哄哄的。小小聲。

2

**灰黑灰黑**

**極小極小**

天台的鞦韆、怪的小孩子正在想辦法修。不知道怎麼弄壞的。

一面修、一面生氣。生氣的時候就去天台的邊邊、晃。跑跑。手插腰、鼻孔撐大。假裝不怕的樣子。

向雜貨店借的火爐、螺絲和菇罐頭。魚乾。電。麵粉和木頭。寫下來、紙放櫃台。旅店名錄旁邊用小熊紙鎮壓著。

天台、有的時候下雨。起大霧。一下子。北、東和南邊。只有空氣。只有天空、糊糊的。晃晃卷卷的。有的時候清澈。一下子。

然後開巴士的人把鞦韆修好了。順便、也把雜貨店壞的吊扇修好了。

下午三點鐘、睡。腳癢癢的鼻子癢癢的。醒的時候發現有東西在巴士的窗子。拿葉子、木片、遮遮掩掩地跑。一下子、躲去瑪莉安星星船的航行日誌後面。東西小小的、碎碎的。數六個。數七個。穿松鼠裝的人、不知道看見了嗎。開巴士的人、裝作沒看見的樣子。

雜貨店也賣小船。燈籠和汽筏。浮萍、楓樹、和向日葵種子。賣一些畫。小小幅。門前也有溫的茶。有燈。裡面、米袋附近時常有滴水的聲音。找不到源頭。

下午一點鐘。貓飛撲。然後躲去暗處、等。有的時候舔肉球。屁股。有的時候、看、穿松鼠裝的人掃地。

有的時候、跟著像男孩子的女孩子、下水井。往水道深處走。

水晃晃的。靜靜的。貓的眼睛圓圓亮亮。水道、轉彎的地方、長草。短的草和稍長的草。也有浮萍、青苔。有長椅、字典、藤蔓纏繞的小油燈。不知道是誰點上的。

**3**

**水下**

**左**

**右**

有岔路。有的時候水下有數字。兩邊的牆、有箭頭、數字。有吉他、鍋鏟和小號。不知道誰的。留在水道中。舊舊的。髒髒的。是、直走再直走、第二個左彎。後面有、蝸牛扶手的紅皮沙發那裡。

下午一點鐘為死去的蜉蝣點香。是檀木、茉莉氣味。

雜貨店有東西不見。有東西好像憑空冒出來。比如、冰的柚子、一顆。麵粉篩、蛋。滷汁。黃色油漆和油漆工具。

米袋附近地上、和牆、有的時候有小印子。左右左右極小極小。灰黑灰黑的。好像是、故意弄成貓腳形狀的樣子。

三點鐘。涼涼的。掃地機器人在樹洞。報氣象。報時、風向。雖然看不見它的臉。聽聲音、是不是有點憂鬱的感覺。下午四點鐘圍圈圈。討論要不要解散、分開走。沒有人說話。名字裡面有個鹿字的男人睡醒、哭一下。哭的時候、有東西、從他的鞋底跑出來。

下雨。四個人撐傘、四個人在巴士。切開的、右半邊車體。天空晃晃的。呆呆的。是肉色、柔和的灰色、和粉色。角落裡、不知道是樹還是人的東西、看影子。

然後、夜。不知道什麼東西小小的碎碎的。跑過來、爬晃晃。拿奇怪的儀器好好的檢查了每個人的身體。

好好的檢查了每個人的行李和睡眠深度。貓的。還有掃地機器人的。

好好的讀了瑪莉安星星船的航行日誌。

下午一點鐘。巴士的四個座位和瓜藤、海螺、手槍、和尿壺、不知道為什麼、在水道某處漂。順流往下。水閥打開、機關起動。過閘門一號。

4

**順路**

然後清晨。巴士切開的左邊、右邊。車頂。和圓窗子。和亂的球網、吸盤、和睡蓮、合起來。合起來的樣子、好像、不是印象中原來的小巴士的樣子。下午一點鐘、大家圍圈圈。說一點話、小小聲。不知道是樹還是人的東西好像是說、影子的形狀還是一樣的。不知道什麼意思。

兩隻蜉蝣飛下來看。帽子商人的女兒、和蜉蝣說話的時候、有東西從她手上的書、書的人字縫、跑出來。

跑出來。跳、跌倒。灰黑灰黑、糊塗糊塗的。跑去巴士底下、耳朵拉長聽。

紅頭髮的女孩子說、那是不是、瑪莉安星星船十一歲的樣子。名字裡面有個鹿字的男人、說、巴士好像剛從鹿的星球旅行回來一樣。怪的小孩子說、巴士的樣子感覺像、某種外太空生物的晚餐盤似的。

比如、排檔、煞車和油門、這類東西、不知道被移去哪了。也不知道哪邊是車頭。哪邊是車尾、上、或下。四個座位不知道怎麼浮浮的。一下子歪。一下子繞圈圈。

後來發現、雜貨店裡面擺鐵壺、醬油和字帖、雜亂雜亂的地方、有個箱子、貼字條寫、勿看。裡面。有吱咕吱咕的聲音。小小的碎碎的。有一點、敲棒子和翻書的聲音。學習口哨和彈指頭、有一點、口吃和結巴的聲音。

箱子底下雜物搬開。書櫃推開、有機關、地道。繩梯。往下、是水道閘門邊邊。擺凳子、火柴。畫路線圖。有煙火、風箏和零食的自動販賣機。

有巴士站牌。也不知道哪來的。也不知道有什麼用。站牌矮矮的極小極小。水道左、右、上面。水下、各一個。

下午兩點鐘。不知道是樹還是人的東西、划船、過四號閘門。

天台涼涼。晃晃的。入水井。過四號閘門、不知道為什麼、身體完全變回人的樣子。手好好的。腳好好的。肚臍。頭。背的弧度味覺視力、肩膀寬。臉是、印象中沒看過的臉。可是、影子的形狀還是一樣的。

閘門下。水流稍急。有些地方、水下有渦。把人捲進去、再推出來。沒什麼意思。好像、只是好玩而已。

過四號閘門、有出口。

## 5

## 樓梯

## 與書堆

出口。數三個、五個。出口後面還有別的門。還有別的房間。有封死的路。有樓梯、往下。橫擺著或者直立的。或者斜的。彎的吊掛的。也有、好像排書用的那種矮踏凳。用來連接大級距的大型階梯。

下午一點鐘。巴士恢復先前切一半的樣子。怎麼復原的、無人看見。三點鐘。掃地機器人、好好的掃地了。沒什麼意思。好像只是好玩。好像、也不是它自己的意思。天台涼涼的。除了像男孩子的女孩子、在角落睡、其他人和貓、不知道在哪。

店後面。有什麼東西、從洗衣機裡頭跑出來。洗好的襪子、洗好的短袖、也有灰黑灰黑的渣渣。怪的小孩子飛撲。貓飛撲、眼睛圓圓亮亮。跑出來的東西、溜回眼窩。肚臍耳朵裡。臉像河馬的人、不知道看見了嗎。

夜。清晨、開巴士的人假裝睡。店後面。穿松鼠裝的人泡腳、換衣服。頭是土星。身體是天牛。

隔日、水道中。走著走著、不知不覺、松鼠的尾巴不見了。一下子。換成小象尾巴。他不知道。

水晃晃的、光微弱。樓梯晃晃。有的時候、有踏步聲音。踏木屐和、咳嗽的聲音。小小的。轉機關的聲音。微弱、可是聽得很清楚。找不到源頭。閘門開的時候六個、五個、像煤渣那樣小的東西、便會黏在人背後、黏在船、膠鞋底下。順路。沒什麼意思。只是偷懶、搭便車。

樓梯轉彎的地方。級距寬的地方、有的時候、有暖桌。清水和書。硯台。鉛筆圖畫紙。仙人掌。樓梯的內角邊沿、可能有拉環。轉閥、鎖孔。樓梯的長短和方位、有的時候變。

下午一點鐘、帽子商人的女兒回天台。哭一下。說一點話。然後捲袖子洗碗。洗雜貨店的紗窗、布簾。想給貓洗澡。想、假裝是雜貨店的老闆、在這裡生活、不離開。沒什麼意思。只是想想。

天空晃晃的。糊糊的、霧消散。一下子。開始下大雨。三日。名字裡面有個鹿字的男人繞圈、想事情。口袋裡面的酒、換成苦瓜汁。雪茄。換成芋頭的梗。他不知道。

下樓梯。三個、兩個、碎碎小小的東西、跟著怪的小孩子滾。一個、不知道是不是吃過虧。好像預知會發生這種事。早跳出來、在扶手。坐著看。

**6**

**從這裡開始**

**便是...**

怪的小孩子拍拍膝蓋。手破皮、頭破皮。骨頭和牙齒、痛痛的。可是感覺很好。很得意。不知道為什麼。

三點鐘。臉像河馬的人在空間的底部。睡、讀兩頁書。唱歌。和開巴士的人會合、一起走。

從這裡開始進入、與眼前這個空間疊合的另一個空間。斜斜的。

偏左、灰黑灰黑。左、右、下方有光。很微弱。有冰水和小缽、裝麵團。不論到哪裡都有樓梯、和書的霉味。

從這裡開始、過樓梯的轉角便是疊合眼前空間的另一個空間。每個空間盡頭、都有門。小小的。歪歪的。門邊有椅子、床。極小極小。有香台。胡琴和木魚。是不是應該有什麼東西在那裡看守著。可是不在。

下午一點鐘。蜉蝣睡。天台涼涼的。像男孩子的女孩子在雜貨店的牆、和蜉蝣的翅膀上、畫一點東西。貓的紙箱、畫一點東西。

兩點鐘。臉像河馬的人和開巴士的人、分開走。分開的轉角、上面上面、掃地機器人進去的門、貓出來。

上面上面。天台、雜貨店屋頂。像男孩子的女孩子、自己下棋。有的時候、看烏龜。有的時候、灑餅乾渣渣。飛撲。說一點話、沮喪。一下子。想瑪莉安星星船的事情。有睡意。晃晃的。角落的草晃晃的。

## 7

## 去了哪裡

## 想了什麼

然後、掃地機器人從地道出來。身體暖暖的。聲音黏呼呼的。

夜。清晨、機器人從地道出來。是不是、想要偽裝成一顆足球的樣子。怪怪的。每個正五邊形都畫得歪歪的。頭頂的小孔長三葉草。藍色的。長紅花和刺、和毛蕨。身體軟軟的、聲音、黏呼呼的。不知道去哪裡。想什麼、做了什麼。

下午一點鐘。巴士切開的左邊、右邊、合起來。開巴士的人、釘兩個新的木台。一個給雜貨店。一個放車頂。五點鐘修果汁機。

夜、下水井。數、水道裡面七個鞦韆。極小極小。修好了。然後順便、把迷路的、名字裡面有個鹿字的男人、帶回來。

天台晃晃的、下雨。四個座位拔起來、放車尾的露台。天窗的梯子架好。駕駛座。鐘、天線固定好。圍圈圈。討論要不要解散、分開走。兩個人打瞌睡。兩個人排隊等鞦韆。

然後夜。有東西從耳朵跑出來。一半、去蜉蝣的肚子底下。一半溜去巴士底下。進排氣管。進天窗、和引擎室。鬧哄哄的。一下子、天台上面、上面、好像有極大極大的飛行物經過。

兩點鐘。不知道是樹還是人的東西、往上。樓梯晃晃的影子晃晃的。上面上面、某個地方、有書掉下來。

掉書的地方、穿松鼠裝的人、在那。坐。今日、身體是王子。頭是遠古魚。

樓梯的盡頭。左、右、上、有門有布簾。有一點、風和車子的聲音。路的聲音。涼涼的。鬧哄哄的。門的角落有小門。沙包、粉筆、極小極小。左邊的門掛牌子寫、船長室。字歪歪的。門舊舊的、灰黑灰黑。

想三日。要不要進門或者離開。下午三點鐘、帽子商人的女兒划船。回天台。

## 8

## 天台

回天台。和、不知道是樹還是人的東西說一點話、有睡意。看蜉蝣降落、看怪的小孩子、戴船長的帽子站天台邊邊。搖旗子。一點鐘。好像、有東西卡在巴士某處出不來、喊救命。

天台晃晃的。水道、樓梯和門、晃晃的。開巴士的人決定選右邊的門。紅頭髮的女孩子本來選左邊的門。一下子、決定往右走。

貓在外面等。有的時候打滾。有的時候睡、喝水。

發呆的時候尾巴晃。有東西被掃到。滾。小小的、碎碎的。滾去左邊、進門縫。然後、從上面上面門的縫掉下來。在貓的耳朵邊邊。哭。哭一下子、生氣。拿口袋的髒毛筆、沾口水、在貓的頭上亂畫圖。貓不知道。

右邊的門。由下面的、貓狗進出的旋轉門進去。門是圓形、旁邊有信箱。寫字。字歪歪的。是狐狸先生的家。

進去、是花房。房間也是圓的。有積水。淺淺的。水下左、右、有光。很微弱。沒有別的出口。

沒有看見紅頭髮的女孩子和開巴士的人。

9

**排隊**

**等鞦韆**

下午四點鐘。穿松鼠裝的人在水道、坐。有的時候、寫譜。寫遺書。有的時候、吹法國號。小小聲。

遺書寫三分。寫不同的事情給三個人。寫完、想一下子重新寫。然後揉揉。紙摺小船、飛機、順水流。然後、呆呆的坐一下。水晃晃的。微弱的光晃晃的、很安靜。發呆的時候、他心愛的松鼠尾巴送回來了。破損的地方補好了。還填上了新的、蓬鬆蓬鬆的棉花。

清晨。天空晃晃。巴士晃晃的。昨日。車體還是怪異的、好像外星船的樣子。現在看起來不知道為什麼、變回、開始逃難時的樣子。葡萄色、四個座位放車尾。鈍鈍呆呆的樣子。瓜藤好好的。電影海報好好的。好像什麼事情都沒發生。好像那是非常非常遙遠的記憶了。

不知道怎麼做到的。沒人看見。還有、臉像河馬的人斷了的拇指是不是也長回來了。

還有、怪的小孩子和掃地機器人是不是交換靈魂了。名字裡面有個鹿字的男人、說、兩個人、好像剛從鹿的星球旅行回來似的。然後不知道是樹還是人的東西、說、可是、影子的形狀還是一樣的。

下午一點鐘、貓睡。像男孩子的女孩子、裝睡。樓梯晃晃的。水晃晃的、靜靜的。帽子商人的女兒擦眼鏡、擦汗。六本書疊起來站穩。木杖舉高、開上面的門。

好像有小花小葉子、灰黑灰黑的煤渣灑下來。好像有梯子、要降下來。速度很慢很慢。

## 1 0

**涼**

五點鐘。天台斜斜的、晃晃的。巴士回到、左、右兩半車體、斜斜切開來的狀態。好像什麼事都沒發生。好像跳過了什麼過程的樣子。糊塗糊塗的。四個座位、小電視、還有雜貨店的糖果桶、在下面下面、水道、四號閘門的邊邊。瀝水、聽水聲。呆呆的。

然後發現、臉像河馬的人斷了的拇指、原來是用黏土和木頭和鬼筆茹弄出來的。中午的時候、看起來還像一隻真的拇指。

清晨。夜。帽子商人的女孩子在黑磨磨的地方、往上。

那裡既不屬於天台。不屬於水道不屬於樓梯與樓梯、與書、與碎碎的小小的、煤渣似的東西、堆疊起來的六度空間。下午三點鐘像男孩子的女孩子、也在黑磨磨的地方。在一個卷卷的曲面、往她認定的前方。慢慢爬。

有的時候好像、有貓的呼嚕聲。有拐杖、穿脫衣服的時候、靜電的聲音。有路的聲音。一點風、沙塵。有光、很微弱。好像有麵包車有青蛙、樹搖晃。有人按門鈴。有野菜商人經過。

兩點鐘。貓在樹洞、開巴士的人繼續修巴士。怪的小孩子釘一個棺材。躺躺、晃晃、浮躁浮躁。有的時候飛撲。累了睡。睡醒來想生氣的事。生氣的時候、總有什麼東西從他的鼻孔、鼻涕、膝蓋的傷和腳趾頭跑出來。灰黑灰黑。跑出來、有的去捉弄貓。有的排隊等鞦韆。

紅頭髮的女孩子回天台一下子。下水井。然後、回來一下子。如果、剛好天台沒人、就練習前滾翻、翻筋斗。就學、名字裡面有個鹿字的男人、抽煙的樣子。吹牛、還有憂鬱的樣子。想想、不知道有什麼用的事。如果剛好貓在。掃地機器人在、就好好的吃飯。

如果剛好天台、全部的人都在、就圍圈圈。討論要不要解散、分開走。

下午一點鐘。三點鐘。巴士合起來。一下子。沒人看見。瑪莉安星星船航行日誌被借走。兩天。沒人知道。櫃台、記帳用的長長的紙卷好像有寫借閱人的名字和預計歸還時間。沒人知道。字灰黑灰黑、極小極小。

還回來的瑪莉安星星船航行日誌好像多一點內容。怪怪的。不是以前看過的。其中、還寫了未來的事。不知道是不是真的。不知道有什麼用。名字裡面有個鹿字的男人回來天台。睡。看雲、鬍子被拉一下。鞋帶鬆。假裝不知道。

無常
言葉集

# 星體A朝向星體B
# 加速隕落的時候
# （四）

WHEN THE STAR A
ACCELERATES TO
THE STAR B, 4

BY MUJOKOTOBA

1

**呆的**

在黑磨磨的地方。想、要回去還是往前。路的聲音很近了。街上的哨子和市集、人交談、買賣、氣壓宣洩的聲音和慢的、快快的搖晃的翅膀和馬達和葉子、電波的聲音、很近了。在黑磨磨的地方、穿松鼠裝的人邊想、有的時候躺。有的時候、吹法國號。小小聲。

下午一點鐘。帽子商人的女兒聽遠遠的、提琴和鼓的聲音。等貓來。一起往前、往右。不知道走多久。不知道前後、左右距離。途中睡兩次。考慮往回、兩次。嘗試結印和冥想。失敗。有唸平安咒。有吃餅乾、喝水。餅乾是鮪魚口味。有跳、飛撲。有吃一點小麥草。

同個時間、紅頭髮的女孩子爬出黑磨磨的地方。與之相連的另一個空間仍然是、書堆、藏書櫃、樓梯和板凳。看起來斜斜的歪歪的。上、下、卷曲。然後眼睛和耳朵適應了光與溫度。發現歪斜與卷曲的原來是自己。空間本身回溯至搭上巴士逃難前普通的日常。

樓梯、是普通的樓梯。不太多。板凳是普通的板凳。不太多。燈光、和氣溫、是普通的、是記憶的年終、冬日裡、一間小圖書館熟悉的模樣。書的位置、樓梯踏階、扶手磨損的地方、都是熟悉的。閱讀桌空的位置和推書車的人、地毯綠綠的樣子、很熟悉。都好好的。好像什麼都沒發生。

同個時間、開巴士的人在河中。臉像河馬的人、在電車上。名字裡面有個鹿字的男人、和貓、掃地機器人。在人群中。呆呆的、一下子。然後怕、找暗處躲。河中、開巴士的人以為自己就要溺死。可是、聲音是軟的。同個時間、臉像河馬的人、找位置坐。

然後、開巴士的人一下子明白了為什麼、周圍的人沒看見。也聽不見。河軟軟的、身體、手腳、求救的聲音軟軟的。然後、過兩夜。下午一點鐘、河流將他推送至隔壁城鎮、有花店和柳樹的岸邊。坐一下。想一下、睡。睡醒來明白、原來睡眠已是無關緊要的事了。

下午一點鐘、怪的小孩子爬出黑磨磨的地方。與之相連的空間、空氣、沉沉、窒悶、冷的感覺。是熟悉的。空間的形狀和大小是熟悉的。山的氣味百合玫瑰、香灰、檀與腐氣、和記憶裡夏天黃昏、烤麵包的味道。是熟悉的。和以前一樣、好像什麼都沒有改變。

想一個晚上。假裝什麼都不知道可是、無法克制生氣的感覺。不知道是不是討厭這個地方。是不是不知道現在回來、有什麼用。還是、因為、說好了一起走、可是掃地機器人沒跟上、也不知道去了哪的緣故。也沒人知道他生氣了、胡鬧、亂踢。可是連一片葉子都踢不動。

夜。電車往南。到一個荒涼簡陋的終站停。掃地休息、檢修。交接。出發往北。下雨、一下子、停。天還沒亮。車晃晃的、腳軟軟的。過山洞的時候、臉像河馬的人好像明白了自己、和對面的讀報紙的乘客不太一樣。和昨天前天、擠在門邊拉著吊環的乘客不太一樣。

是怎麼不一樣、他想不太明白。是不是雜念太多。是不是因為哪邊的蛀牙疏忽了、沒有好好處理的緣故呢。看見的風景是一樣的風景。晃晃。搖搖、怕生的、呆的、平衡的感覺和渴的本能、是一樣的。只是現在、渴了或者餓了或者聰不聰明、約莫已是無關緊要的事了。

下午一點鐘。不知道是樹還是人的東西、像一棵、真正的樹的樣子、站站。有的時候、往左跨兩步。假裝站不穩、歪歪的。有的時候看樹下等人、躲太陽的人。想說話。不知道什麼可以說。然後、夜、變成老鼠。變成麻雀。到處晃晃。飛、覓食。有的時候睡。

不是真的想睡。也不知道是不是真的睡著了。雖然知道睡眠已是無用的事情。大概只是喜歡睡的感覺。比從前更喜歡、不知道為什麼。如果、想變成椅子、就能變成椅子。想變成綠毛蟲、就能變成綠毛蟲。想要變成空氣就能變成空氣。想要被誰看見、搓搓手就能辦到。

就像、取暖那樣子。頗有興致地摩擦掌心、預備做什麼的樣子。如果想說話就變成琴師、彈出美妙的音樂。如果想哭、就變成豆腐。烘衣機。杯子的把手。然後明白了即使變成鳥、仍然不會懂身為鳥、是什麼心情。無論變成什麼、地上的影子仍然是它原原本本的樣子。

## 2

## 靜的

清晨。不知道是樹還是人的東西進小酒館。同個時間貓、躲回黑磨磨的地方。又出來。帽子商人的女兒回水道。看看雜貨店、巴士、蜉蝣、天台晃晃的樣子。下水井。下午兩點鐘、像男孩子的女孩子、爬出黑磨磨的地方、滾滾。跳。出來的地方好像是學校體操室的樣子。

同個時間、穿松鼠裝的人躲回黑磨磨的地方。又出來。對面公寓掛常春藤的窗子開一點。好像有誰往這邊看。有的時候揮手。寫紙板。不清楚寫什麼。寫的事情和自己有沒有關係。也不知道為什麼再出來的地方、和相連的、另一端的天台、看起來幾乎一模一樣。

也有水井。有鞦韆、也有長寬相同擺設相同的雜貨店、一間。角落有短的草和稍長的草。店門前有水缸、烏龜和青苔。有電話亭和旅館名錄、重的錢箱。店沒有人。櫃台有很長的紙卷、記帳。借的東西和用的材料、和勞務工作、差不多一樣。龜背花紋、差不多是一樣的。

也有蜉蝣的小墓塚。木魚水仙。有薰香。糖、小圓餅。油畫。唱片、留聲機。好像不久前誰來祭拜過。也有巴士。和記憶裡最初逃難時的瑪莉安星星船、幾乎一模一樣。天空晃晃糊糊的樣子、差不多也一樣。天台。不知道多高。除了空氣、什麼也看不見。

下水井。水淺淺的、晃晃的。安靜。光微弱。水道和閘門和樓梯差不多是一樣的。空間斜斜的、偏左。然後夜。進入下一個黑磨磨的地方、往下。有的時候睡。有的時候慢慢爬。喝水、吹法國號。小小聲。爬的時候、忽然想起來那些碎碎小小煤渣似的東西去哪裡了。

再出來的地方、是學校後山的體操室。是黃昏、室內舊舊、黃黃的、四個五個學生收拾完。圍圈圈說話。有的時候笑。有的時候抬腿。像男孩子的女孩子已經不在那裡。同個時間、開巴士的人入山。進船屋。紅頭髮的女孩子那裡還是深夜。有霧。有下雨。有灑一點豆子。

有想、那些、碎碎小小煤渣似的東西、什麼時候住進身體。為什麼那麼小。會不會長大。用什麼語言說話。為什麼腦袋、總是短路短路。為什麼跳。指頭常常灰黑灰黑。為什麼常常跌倒。無事忙。同個時間、名字裡面有個鹿字的男人看車子跑。看人脫鞋。回家、又出門。

同個時間、掃地機器人靜靜的。在小倉庫、跳馬箱背後。躲。出來的時候、穿松鼠裝的人已經離開。往回。後山靜靜的。小學校的體操室、東側、屋頂和牆、有爬梯子的聲音。有夜間行車宣導廣播。有風。遠遠的、小小聲。掃地機器人有的時候好像在哭。好像想說話。

也不能確定這個地方、後山的小學校體操室、和像男孩子的女孩子所到的空間、和穿松鼠裝的人所到的空間、是不是同個維度。同一個地平面。也不能確定、周圍的、保持沉默的方方的圓圓的長長的東西、歡不歡迎穿越時空的外來客。掃地機器人、有的時候報氣象、小小聲。

下午一點鐘。墓園、土裡、石碑底下、怪的小孩子、大概還是生氣的。生氣的同時大概明白了、如何讓自己不生氣、以及、弄清楚自己、為了什麼生氣已是無關緊要的事情。夕陽、土、一具棺材、腳板和跳躍力、速度、能不能保護人。能不能贏。已經是無關緊要的事情。

然後清晨。名字裡面有個鹿字的男人、出郵局。經過工地、垃圾場。經過有嬰兒哭聲的房子。沒什麼事、只是晃晃。只是想要好好走路。走邊邊、就像一個普通的行人。有的時候抬頭看看。也不知道要去哪裡。也沒有回家。好像想要學擦窗、修理車。知道沒有用。

知道傷心沒有用。幸好口袋裡面還有香菸。不知道誰放的。三根香菸。幸好這個世界仍然有閃電與火。有木頭、酒和咖啡因。知道手、腳、身體、耳朵、頭腦和麻的感覺、傷心的和做錯事的記憶、沒有了。可是還是會哭。還是有後悔和失敗的感覺。不知道為什麼。

不知道貓怎麼想。貓的媽媽在哪裡。同個時間、開巴士的人幫忙人、推車和鋸桌子。人不知道。和石柱上的烏鴉、和老爺爺和老奶奶問好。人不知道。烏鴉好像知道。好像假裝不知道。同個時間、貓在屋簷。跳、走水管線。紅頭髮的女孩子看人找書。看牆上的蜘蛛網。晃晃的。

## 3

## 卷曲

## 的

貓躲著。很安心。掉一點毛掏耳朵。知道掉下來的毛不是真正的毛。毛裡面的蟲子也不是真正的蟲子。這些事情、也不明白怎麼知道的。睡醒看車子、人、鳥和狗。跳去花圃。從前禿禿的地方長草了。桔子樹老了。從前經常磨磨的花瓶、有別的貓的味道。

貓打招呼。很安心。知道了人看不見。別的貓、有的也看不見。知道了喜歡的人好好的、回家、出門再回家。很安心。太陽也好好的。有的時候熱。有的時候打滾、聞聞。還是胖胖、跳不好。下雨的時候、想起來什麼。然後知道了最好的日子已經過去了。沒關係。

下午兩點鐘。帽子商人的女兒在天台。洗臉。洗頭髮、等晾乾。借鏡子和剪刀。修瀏海。然後換了喜歡的衣服。是乾淨的黑色。薄的連身裙。涼鞋、草帽、後背包。三點鐘下水井。水晃晃的、光、樓梯晃晃的。同個時間穿松鼠裝的人爬出黑磨磨的地方。躲一下、再出來。

是、和去過的、上一個和上上一個、幾乎一模一樣的天台。有烏龜。有雜貨店、一間。水井。水淺淺的。有鞦韆。不知道誰來盪過。晃晃的。不知道誰在巴士切開的左半邊、歪的風向儀那裡掛燈。麵包和牛奶。三個東西都是溫的。三個東西都晃晃的。好像剛掛上去的樣子。

然後修理巴士。切開的左邊、右邊、車尾車頂、合起來。失敗。睡一下醒來吃麵包。吃的時候想到好辦法。燈、麵包和牛奶、三個東西、仍然是溫的。然後想起來很久以前、學彈琴、左手、右手、眼睛和耳朵。聽見和看見的和動手做的、三種調子不合拍、那種心情。

明白了時間是無用的。可是為什麼還是有怕死的感覺。同個時間不知道是樹還是人的東西、好像在飛。到處晃晃、看見藍色的東西、就飛下來。站站、躲一下。很安心。同個時間、像男孩子的女孩子在有蘆葦的溪邊。走走、搭便車。抱人。人不知道。

下午三點鐘。像男孩子的女孩子在衝浪板、在人的背、和藍色房子的信箱上畫畫。畫了、不知道是鳳梨還是天燈還是、法庭裡面低頭、駝背的畫師的背。同個時間、貓睡。帽子商人的女兒過馬路、走橋下。四點鐘。開巴士的人搭便車。跳。和人說再見、揮手。人不知道。

下午兩點鐘。不知道是樹還是人的東西變成紙飛機。風箏、黃蜂和煙。起飛。向西南。電車上、臉像河馬的人睡。歪歪的靠、著人。人不知道。自己也不知道。三點鐘。車靠站的時候、和人說對不起還有謝謝。雖然知道禮貌已是無用的。還是想要好好的說話。為什麼呢。

是不是覺得、說謝謝、還有對不起、很安心。不知道為什麼。清晨、夜、掃地機器人靜靜的。有的時候、學猴子叫。小小聲。有的時候搔癢彈耳朵、玩貓的玩具老鼠。一下子。周圍、方方、圓圓長長的東西、跳馬箱子還有亂的球網、靜靜的。看不見可是知道。

看不見。可是、知道瑪莉安星星船帶來的人、現在在這裡。呆呆的。睏、很害羞。有的時候很安心。有的時候浮躁浮躁。有的時候也被人看見。可是、他們自己不知道。下午一點鐘。紅頭髮的女孩子、爬出圖書館。爬、跳一下。確認手腳脖子活動正常。然後、忽然想讀書了。

同個時間臉像河馬的人下電車。在月台晃。看站務員下樓上樓、吹哨子和揮手。像男孩子的女孩子在前面兩站兩站、月台屋頂。畫圖。看雲。五點鐘、湧入月台魚貫似的人群穿過她的身體。忽然想起來、很久以前、十一歲、被拋棄、極痛極痛的時候。

然後明白了自由已是無關緊要的事。究竟是女孩子還是男孩子已是無關緊要的事。可是為什麼還是有一點點、想要、被人吹捧的感覺。還是想要有家人、有、安心發呆和睡覺的地方。十點鐘。看月亮的時候、不知道是樹還是人的東西、變成臭屁蟲、停肩膀上。她不知道。

夜。清晨。怪的小孩子在土下、墓園裡。有的時候躺、聽竹聲、蟬鳴。有的時候出來。走那條充滿牛糞氣味的小路。吸一口氣快跑。聽聽附近的人說什麼。說誰的事情。田和害蟲的事情。有的時候看見老人家就生氣。還有、踢牆壁、跌倒、還是會痛。不知道為什麼。

是不是想變成老人家。是不是想上學、搗蛋、和喜歡的女孩子一起走路、說話。想要朋友。想要做大事。知道、大概、沒有人想他。也知道大概沒有所謂的下輩子。有點生氣。可是跑一下、又不氣了。不知道為什麼。然後、忽然覺得田中央的稻草人、是不是看得見他。

但是、為什麼會覺得一個稻草人真的、真的能看得見什麼。想到這裡、怪的小孩子想起來、去年春天單週、星期三黃昏。限定播放的電視節目。說的是猩猩的一生。送葬者。名字叫做爪爪、一張椅子的一生。想的時候、不知道是樹還是人的東西、變成的吹笛人經過。他不知道。

## 4

## 無關

## 緊要的

星期三。兩點鐘、不知道是樹還是人的東西來到下雪的地方。看人、看車子跑。老人家和狗、和老榕樹圍圈圈、不知道說什麼。山裡面有兒童、小動物。冷。呆呆的。眼睛圓圓亮亮。變成手套毛帽子暖烘烘的被子。變成記憶中、母親的樣子。抱他們。他們不知道。

星期三。帽子商人的女兒下橋。上橋、來回走。手插口袋帽子壓低、假裝無事散步的樣子。不知道為什麼、給誰看。有的時候睡有的時候寫字、日記。不知道為什麼、給誰看。有的時候、踢石頭。失敗。下橋、來回走。橋下的帽子商店、開一小時。關門休息。

畫結界。知道沒有用。很安心、不知道為什麼。同個時間、紅頭髮的女孩子在不認識的、別人的家裡面。捧著好好的曬過了、暖烘烘的被子。聞、很安心。同個時間貓在灌木叢。躲。等天黑、等路安靜。過馬路。開巴士的人等天黑。知道了等待是無用的。可是喜歡等。

是不是、到老骨頭山、山頂俯瞰海灘和抖抖市鎮的時候想起來、搭上瑪莉安星星船逃難之前最後想做的事情。來不及。可是沒關係。好像現在、正在做的事情、和那個、也沒什麼關係的樣子。想一下、走走。開巴士的人和貓和名字裡面有個鹿字的人、都往東。

東。貓進車站。走兩步停。很慢很慢。有的時候炸毛。有的時候跑。上月台。躲、等天黑。眼睛圓圓亮亮。知道沒什麼好怕的。還是怕。警戒的樣子、和等的樣子、很迷人。尾巴短短、晃晃的樣子、很迷人。沒人看見。五點鐘進車門。清晨的第一班車第一節車廂、空空的。

下午一點鐘。南。電車晃晃的。臉像河馬的人、聽鬼故事。很害羞。是不是有一點好像變成名人的感覺。同個時間、怪的小孩子和貓、和、名字裡面有個鹿字的男人、都是往南的。下午一點鐘貓出車站、走水路。掃地機器人出小倉庫。偷偷的踮腳看星星。

看星星的時候、想、如果有下輩子可不可以也被造成球一樣的東西。什麼都可以。已經知道了身體裡面沒有真正的血液。沒有腸胃、心、喉嚨。聲音不是自己的聲音想的事情、說的話、知道了是預先寫好的。沒有關係。也知道大概沒有下輩子。只是喜歡想下輩子的事情。

也不知道貓怎麼想。貓知不知道虎斑和肉球、很迷人。也不知道貓怎麼知道哪條路哪個方向、才是對的。同個時間、像男孩子的女孩子、回天台。天空晃晃的、下雨。穿松鼠裝的人現在是、變色龍的身體。自己的頭。黏卷鬍子。幫她撐傘、可是她不知道。

像男孩子的女孩子不知道的事情還有、在相連空間另一端、面東南、車程十日以外的地方、有人以為她、還是十一歲、好強的、愛哭、小孩子的樣子。有、名字叫做瑪莉安的龜、還記得她。同個時間、紅頭髮的女孩子明白了關於豆子、不明白的事情還有好多啊。

同個時間、名字裡面有個鹿字的男人、坐。懂一點西瓜和正橢圓的事情。旁邊。坐一起聽課的、一個是鸚鵡商人、一個、是失業的小提琴手。上面、下、左邊、飛一下消失。然後由後面牆洞流洩出來、灰黑灰黑、有鱗片和針刺、軟黏黏的、是、不知道是樹還是人的東西。

他不知道、他的影子溜出去玩。三天。他的身體現在是小蜘蛛的樣子。灰黑灰黑。呆呆的、掛在小酒館的牆、角落。睡。同個時間、怪的小孩子看人排隊。看人吃。收杯子、為花瓶換水。看人生氣、然後自己也生氣。下午兩點鐘、穿松鼠裝、和馬戲團隊伍一起走。

**5**

**看不見**

**可是存在**

同個時間、穿松鼠裝的人在游泳池的淋浴間。換衣服。洗澡。好好的刷了牙齒。刷背、清耳垢。剪了腳指甲。下午一點鐘、回天台。偷偷的。駝背、進電話亭。拉簾子。想、要不要換狐狸的身體。積木人的頭。想的時候不知道誰來過天台。放烏龜的飼料。帶一本書走。

清晨。山靜靜的。開巴士的人哭一下子。沒人看見。然後走走。

停。被路邊、草裡、三個、四個小福神的石像、逗笑了。想要幸福。想要奇蹟。還想起來很久以前在秋天、學做甜點的日子。同個時間、帽子商人的女兒、在橋下。看父親試戴帽子。走走、發呆。

不知道父親想什麼。不知道誤解的事情想明白了沒有。想、不知道能不能做些什麼、讓他明白他不孤單。下午一點鐘。上橋、又下橋、明白了思想已是無用的東西。煩惱和咒語、記憶和膝蓋、已是無用的東西。同個時間、貓那裡是陰天。出彩虹。貓忙著躲不知道。

弄不明白貓想什麼。沒有關係。海邊。臉像河馬的人、看天空纜車。摩天輪靜靜的。慢慢的動。有的時候、想、父親的耳朵和貓的耳朵。很安心。同個時間像男孩子的女孩子、那裡、淹水、大風雨。怪的小孩子跑。踢沙子。不知道為什麼感覺、好像被誰討厭了。

下午一點鐘。像男孩子的女孩子搭摩天輪。旋轉木馬。排隊、靜靜的慢慢的動。很安心。想、如果有下輩子、可不可以再來這個地方。想造船。想和機器人做朋友。知道光是想、沒有用。光是喜歡想、沒有用。五點鐘。夜。想和關門的人、和掃地的婆婆交朋友。只是想想。

知道哭沒有用。可是、哭出來很安心。不知道為什麼。同個時間紅頭髮的女孩子去鬧區中央、灰黑灰黑、陽台有向日葵的三樓公寓。房間換人住。換家具。杯子窗簾。椅子沙發。明亮一些寬敞一些。已經沒有以前的自己的氣味。感覺好像、從未誕生於世上似的。

夜。紅頭髮的女孩子看房間裡的人睡。很安心。好像、絲毫不知道、角落裡無家的鬼魂、正為了失去的時間傷心。然後、聽著咕咕鳥似的鼾聲。清晨窗外、灑水車經過、靜靜的慢慢的動。被安慰了。不知道為什麼。明白了有沒有家、已經是無關緊要的事。

海邊。開巴士的人有的時候睡。看海、堆沙堡。想剛才在遠一點的左邊、看螃蟹的人。雖然不明白這個人。是誰。做什麼。在想什麼。人看不見、沒有關係。感覺仍然可以、和人相處得很好。很安心。不知道為什麼。不知道有什麼用。因為時間已是無用的東西。

星期一。怪的小孩子被隔壁村、修腳踏車的老爺爺想起來。大概是一件怪的事。有意思的事。早餐的時候、想一下。讀小說的時候、分心、想一下。被逗笑了。怪的小孩子、不知道。那個時候他腳癢癢的。耳朵癢。知道了腳和耳朵已是無用的。癢和思想、不知道什麼關係。

然後、臉像河馬的人回電車上。往南。往北、東北。出車站。往南、家的方向。在公寓門口晃晃不上樓。看看陽台的花草葉子晃晃的樣子。很安心。看人出門。回家再出門。然後夜。回車站的西向月台。有的時候看麻雀。有的時候吃糖。睡醒來刷牙、看人等車。

是知道的。那個、曾經稱呼為家的空間、已經建立新的日常。也知道了、沒有被忘記。有的時候被想起來、會傷心。然後看電車停。慢慢動、快跑。慢下來。被安慰了。然後、明白一點呆的事情和安靜的事情。明白了那個曾經稱呼為心的空間、直到現在才真正的誕生出來。

知道看不見。頭腦和眼睛已是無用的東西。可是還相信自己仍然是活的。不知道為什麼。是一種從未有過、活著的方式。是不是還能做什麼。能留下好的影響。能幫助人。讓人感覺、不孤單。也不知道是不是迷信。是錯覺、自以為是。是不是和貓相處久了的緣故。

不知道貓怎麼想。貓的父親在哪裡。星期五、下午一點鐘、帽子商人的女兒邊走邊想。看河。慢慢的、靜靜的動。對人說話、人聽不見。沒有想法。沒有癢的感覺。有的時候、帽子商人的女兒生氣。有的時候看牆壁。打坐。招呼買帽子的客人。搧風、趕蚊子。人不知道。

星期三、下午兩點鐘。明白了能做什麼、已是無關緊要的事。之所以相信自己是活的、是不是因為世上有誰、確實知道看不見但是存在的東西。沒有說。可是知道。弄不明白怎麼知道。沒有關係。因為那是讓人安心的。因為那是好的事。雖然有的時候想起來、會傷心。

# 6

# 那個
# 稱之為心
# 的空間

同個時間、貓看蚊子。在橋下。路的邊坡。玩一下繼續走。過橋過車少的馬路。進小巷然後跳。爬爬。過牆頭。看山、雨傘店、睡一下繼續走。兩點鐘。名字裡面有個鹿字的男人拜訪老朋友。紅頭髮的女孩子和掃地機器人在小學校的操場會合。說一點話、傍晚分開。

下午兩點鐘。名字裡面有個鹿字的男人拜訪老朋友的老朋友。回家、再出門。打聽遺物。喪禮。老吉他、和熱帶魚、和三個、四個、孤兒的下落。下午兩點鐘。像男孩子的女孩子跟蹤人。人不知道。睡的時候、醒的時候覺得身體不是自己的。原因是什麼、人不知道。

星期日。開巴士的人在菩提樹下看帽子商人的女兒、坐橋下、帽子商店的屋頂。呆呆的。睡。有的時候吹海螺。不知道誰聽見了嗎。同個時間掃地機器人躲大象溜滑梯、底下。貓躲牛奶箱。穿松鼠裝的人、躲電話亭。簾子拉開一條縫、看人。坐巴士切開的右邊。呆呆的。

清晨、鬧區中央。約莫五個月前名字裡面有個鹿字的男人、變有名。一下子。又過氣了。人的關注、移去別的事件、別的明星身上。他不知道。名字叫做瑪莉安的小酒館、也賣船的書。有的時候、清晨或夜、下午、生意冷清的日子。小酒館、放他寫的歌。他不知道。

星期日。像男孩子的女孩子跟蹤人。過花市、冷門書的書店。過城市與城市的邊界、搭便車。過墓園和牙齒醫院。人、有的時候回頭看。人看不見。像男孩子的女孩子、有的時候和人隔十步。有的時候和人疊一起。睡的時候一起、走的時候、同手同腳。看雲。看樹。

人不知道。看不見的、會不會本來是自己。然後、像男孩子的女孩子取代人的身分和資源、活下去。不知道什麼故事。不知道出什麼錯。是不是臨時改變心意。放棄了。是不是本來註定不會成功。人不知道。走的時候、覺得好像被推著走。覺得、好像被誰討厭了。

下午一點鐘。怪的小孩子在鬧區中央。公園。荔枝樹下的長椅。想、噴水池的怪的小孩子的雕像是不是看得見他。然後、學一學人客套的樣子。學一學狗和狗彼此聞聞鬧鬧的樣子。然後快跑穿越人的身體、樹、燈柱。累了。回去墓園。土下。有點生氣。有點寂寞。

相鄰的墓。左邊、是風鈴商人。上面、右邊。一個是姊姊。一個是妹妹。兩個老太太從前都是畫師。一個窮。一個有名、窮。一個從前住漁村。一個、住相隔極遠極遠處、乾旱的地方。兩個老太太現在、不知道在哪裡。怪的小孩子自己的墓、周圍長草、小黃花。時常有蜉蝣繞。

下午三點鐘。掃地機器人和名字裡面有個鹿字的男人、爬出來。在怪的小孩子的棺材裡面。三個擠一起。說一點話、有的時候、睡。同個時間、不知道是樹還是人的東西、飛一下子。變泥鰍。滑滑、變小壁虎。去橋下、帽子商店門口。晃一下出來。帽子商人的女兒、不知道。

三點鐘。怪的小孩子被討厭的人逗笑了。然後回家。看妹妹寫作業、敷衍了事。然後回去自己的墓碑前。讀墓誌銘。十五個字、看不懂怎麼唸。半夜兩點鐘。後面兩個老太太拄著拐杖走過來提醒他不要貪玩。跟他說、以後要好好做人。然後人不見。像煙火一樣消失了。

然後一覺醒來發現那是夢。不知道什麼意思。不知道有什麼用。可是很安心。不知道為什麼。橋下、帽子商人覺得、昨天、今天老是在門口、晃晃、呆呆的小壁虎、好像是女兒轉世的樣子。想說話、不知道什麼該說。同個時間貓搭電車、出月台。過兩條馬路右轉。跳、看山。

## 7

## 日常

星期六。掃地機器人、在鬧區中央、菩提樹下。讀人捧著的書。人不知道。書講的是葡萄酒、鳳梨、野兔子和電的歷史。同個時間、在極遠極遠、不知道名字的地方。和掃地機器人同個樣式、同年出產的球型人、三十一個。從今天開始、成為一間書店的正式員工。

掃地機器人、不知道家是什麼。能不能吃、有什麼用。穿松鼠裝的人、沒有家。聽說有家人。只是聽說。是不是真的。也不知道在哪裡。夜、鬧區中央晃晃的巴士二樓。有人想起來十一年前那個、充滿檸檬蛋糕味道的馬戲團篷子。想、那個老是演大松鼠法師的人、在哪裡。

同個時間穿松鼠裝的人在天台。不知道是樹還是人的東西、在天台。看影子、荷葉、說一點話。明白一點謙虛的重要性。不知道有什麼用。可是、知道自己明白了、很安心。同個時間、開巴士的人和帽子商人的女兒、在菩提樹下。看橋、晃晃的。說一點海的記憶。很安心。

夜、穿松鼠裝的人在摩天樓九十七層、像一間公共澡堂那樣大的浴室。人剛離開、水溫溫的。鴨子毛巾小盆子、和水、晃晃的。然後清晨。穿松鼠裝的人、再出來。與之相連的空間、換成、灰黑灰黑的書房。似乎是房子的閣樓、鎖著。小小間、連躺著、站著、都很困難。

人在書堆裡。累了睡。身體卷卷的、看不見臉。手肘和腿都髒髒的。下午一點鐘、穿松鼠裝的人蹲一下子。坐。發呆、有的時候拉簾子。由那細細的縫看出去。看樹。空的、靜靜的馬路。看對面房子裡的人切菜、接電話。整理行李、無事忙。看一下、很安心。喜歡無事忙。

睡的人和無事忙的人不曉得、知不知道、彼此以什麼樣的形式相連。也不曉得天台、水道、與樓梯、黑磨磨的時空洞為什麼、和摩天樓的澡堂和極遠極遠的郊外一間、普通房子堆書的閣樓、連一起。也許、沒什麼意思。只是好玩。然後明白了、忙碌已是無關緊要的事。

同個時間、紅頭髮的女孩子和像男孩子的女孩子、在天台。說一點話。然後分開。一個回去圖書室。一個、回鬧區。找巷子裡灰黑灰黑的牆、找高的、冷的地方畫畫。有的時候看流浪貓吃飯。躲人、躲風雨、躲壞的狗。想要保護他們。想幫他們。不知道什麼可以做。

然後想、如果有下輩子、可不可以不要、沒有用。可不可以不孤單。可不可以再做一次保護書的人。然後明白了能看見的一切東西、都是無用的。無事忙和空歡喜的事情、由、不被看見的位置觀看著。都是安靜的。呆的。有點卷曲。可是很安心。不知道為什麼。

下午三點鐘。開巴士的人入山、往東走。過果園神社。走的時候明白了現在是不是也、被自己看不見、人看不見、的力量。保護著。然後坐。看人修理船、搬大鐘。想起來風鈴商人的事情。深夜、臉像河馬的人在北方。看人來回來回。看遠遠那邊的銀色電車。熄燈、再開燈。

然後、想起來很久以前開始到此為止的人生。凡是大的事情、都是別人決定的。無關緊要的、小的事情、大概也是附合著別人、決定的。不知道為什麼。沒有關係。那個、稱呼為自己的東西、是不是直到、不被看見的這個時後才真正的誕生。知道沒有用、可是很安心。

關於、那個、自己看不見人也看不見的力量、具體是什麼。不知道。下午兩點鐘、小酒館。不知道是樹還是人的東西想、影子會不會知道什麼。懂海豚的人會不會知道什麼。然後、變成、風鈴商人的樣子、坐坐。同個時間、他的影子在隔壁城市、有名的餅乾舖子。睡。

清晨。名字裡面有個鹿字的男人好像、被山坡上休息的鹿、看見了。紅頭髮的女孩子好像被、和掃地機器人長得一模一樣的球形物、看見了。直直地往角落來。同個時間、不知道是樹還是人的東西推風鈴的車子、往北。三個人和生病的鳳凰木、有看見他。

他的影子回來一下子。又離開。看見他的人、一個後來也去賣風鈴。兩個、沒有感想。生病的樹後來、分段運走。沒消息。和掃地機器人長得一模一樣的球型物故障送修。星期日。山坡的鹿、兩隻、靜靜的吃。睡。衰老。明白了那日清晨看見的、只是週而復始日常的一環。

然後、貓走騎樓過咖啡店。包子店的轉角。跳一下、睡睡。和巷子裡、短尾巴的虎斑打招呼。很害羞。下午一點鐘、看舊公寓。看老奶奶走路。睡睡、等、不知道是樹還是人的東西來。一起往上。飛的時候、貓想起來媽媽的事情。很安心。腳踏踏往上。雲看起來卷卷的。

無常
言葉集

# 星體A朝向星體B
# 加速隕落的時候
# （五）

WHEN THE STAR A
ACCELERATES TO
THE STAR B, 5

BY MUJOKOTOBA

## 1

## 大兔子的隊伍

星期三。巴士是灰色草是黃色。山後面、有黑的雲。小圖書室。有關星星和地震和冬瓜的書、二十二本、被借走。貓是虎斑、十一歲。兩點鐘、不知道為什麼一下子尾巴變長了。貓不知道。

瓜藤底下草是灰的。草裡面有藍色、紅的豆莢。昨天。像男孩子的女孩子在人的背、醫院的牆、人的腳底畫、不知道是魚龍還是浪還是、戴神官帽的兔子、跑出來。她不知道。

然後、瓜藤長大。豆莢長大、往巴士的窗、車頂和皮箱、往鳥籠鑽。四個座位、拔起來。水道長草、書長草、燈裡面長草。

蟾蜍錢包。藏在、橋另一端菩提樹往西、西北、走十二步。從前是辦市集和露天議堂的小樹林。林子裡最矮最小那顆樹。土下。是、帽子商人的女兒十一歲的生日禮物。

蟾蜍錢包。裝五枚銅板、和平安符。外面、用包油條的紙、包起來。寫字。字歪歪的。現在市集和議堂移去更小的樹林。蟾蜍錢包、有米。一點點。也有草。一點點。不知道什麼時候、也不知道怎麼長出來的。

穿松鼠裝的人長高一點點。胖一點。腳更大。松鼠、瞳孔的顏色是亮的草綠色。鞦韆晃晃的、歪歪的。雜貨店的屋頂、地板歪歪的。

下午一點鐘。下雨一下子。雨小小、碎碎的。灰黑灰黑像煤渣。電車在山洞。停。一下子、繼續走。霧進來。霧裡面有、卷的、閃亮的東西。臉像河馬的人在二號車廂。名字裡面有個鹿字的男人在垃圾場。睡。

河上面有黑的雲。灰、淡紫色的雲。路歪歪的。左邊的房子、郵局和報社歪歪的。怪的小孩子看午間卡通。很專心。小電視頭上也長草。晃晃的、卷卷的。

往西和西北的山洞歪歪的。積水一下子。軌道也歪歪的。西南。送葬隊伍加入、三個、兩個、蝸牛家族。田那邊的稻草人說一點話。打呵欠。南、海那邊、開巴士的人在貝殼沙灘睡。大兔子的隊伍路過、看一下。七個七十七個、不知道是樹還是人的東西、路過。看一下。

然後樓梯的邊邊角角、長草了。長、短的草和稍長的草。長蕨。鐵蘭。長卷卷、銀的金的、像螺

一樣的軟殼花。不知道是樹還是
人的東西、不知道影子跑去哪。
很久了。也不知道、有同類。

2

**兩個**

**鼠家族**

影子是黃色。天空色。皮鞋是亮的黑色。掃地機器人、後背、手和腳底、長草。灰的皮。體操室的小倉庫、積水、一下子。煤渣似的碎碎小小的東西、由人的耳朵跑出來。跑、跌倒。滾滾。人不知道。

足球場也歪歪的。大蟾蜍的隊伍路過、看一下。橋歪歪的。紅頭髮的女孩子在帽子商店、睡。口袋裡面有豆子地圖、車票和棒棒糖。睡的時候哭。自己不知道。

睡的時候腳長大。一點點。頭髮更卷、更長。蓬蓬亂亂、像草。帽子裡面長草。裁縫機和帽子架和屋梁、歪歪的。天空是麥色。下午三點鐘。兩個鼠家族、和、大蜉蝣的隊伍路過。

掃地機器人變成小男孩的樣子。一下子。然後變成草的球。一下子。山後面有黑的雲。體操室歪歪的、移兩步。翻一面。倒過來放。下午一點鐘。海另一端、有名字叫做喬治亞的船。也有貓。也有瓜藤。船十一歲、船是灰色的。

貓的右耳、缺的、小三角形長回來。長一點草。一下子。沙發和陽台、歪歪的。音樂盒子薄荷盆栽倒一起。碎碎的小小的、煤渣似的東西、由照片和畫的角落、跑出來。跌。吵架一下子、跑不見。

茶杯是珊瑚色。葉子是、茶色、銀色、金色。下午兩點鐘、像男孩子的女孩子在魚簍子裡。睡。兩個、鹿的家族路過。看一下。像男孩子的女孩子、變成小男孩的樣子。一下子。靴子裡的槍變成掏耳棒。她不知道。

四個座位空的。水缸的烏龜小一些、長虎斑。尾巴短又圓。吉他的聲音聽起來、像鴨子。怪的小孩子看電視、睡。睡的時候、多長三顆牙齒。鈍的。晃晃的黏菜渣。長鬍鬚、左右各三根。嘴巴變成貓的嘴巴。他不知道。

星期日。帽子商人的女兒在垃圾場的冰箱、睡。口袋有布丁。冰的。有米、一點點。冰箱裡面也有草。路歪歪、摩天輪歪歪的。

## 3

## 被

## 不知道是鷹還是魚龍

## 的東西拎起來

然後、開巴士的人被、不知道是老鷹還是魚龍的東西拎起來。鞋子、襪、掉一隻。他不知道。帽子商人的女兒醒一下子。吃布丁唸平安咒。睡。名字裡面有個鹿字的男人醒一下子。說一點話、聲音像鴨子。酒的味道像地瓜稀飯。

貓醒來、去找人。床歪歪的。門和書桌歪歪的。人的杯子長一點草。人不知道。臉像河馬的人、右耳朵缺的角、長回來。斷的指頭長回來。口袋的糖被偷光光、他不知道。電車月台、都是黯淡的月亮的顏色。舊舊的。彎彎卷卷的。

下午一點鐘。燕子家族路過天台歪歪的。井的邊邊和電話亭、長草。雜貨店的小型氧氣筒、不見兩個。圓米多五袋。錢箱里面長草、紅花和蕨。大蜉蝣和小蜉蝣拎著象群、椅子、鵝還有大眼猴往東飛。

不知道誰、抱著穿松鼠裝的人、一起睡。睡的時候下一點雨。刮大風。巴士切開的左邊、和鼓、和法國號、卡在水道四號閘門。

然後、雨停。風變小、空氣暖又冷。有的時候有、魚的味道。蜂蜜的味道。不知道誰來過。好好的打掃雜貨店、修理鞦韆。修巴士、失敗。給人換乾的襪子、手套。給人蓋毯子和芭蕉葉。穿松鼠裝的人、不知道。抱著松鼠睡的人、不知道。

同個時間、紅頭髮的女孩子和兩隻黃毛熊、在水道轉彎掛畫、放罐頭販賣機和烘衣機的地方、抱一起睡。水淺淺的。水下有光、很微弱。

夜。書長草。讀書的人的背、長草。小圖書室的失物招領箱、在山海的交界。積水、往東漂。兩隻黃毛熊離開水道爬出黑磨磨的地方。和三隻、髒髒的灰毛熊會合了。圍圈圈說話、握手。討論要不要解散、分開走。

紅頭髮的女孩子最喜歡那隻名字叫做小南、不知道是男孩還是女孩子、毛色灰紅灰紅、穿吊帶褲的玩具熊、還在。小圖書室六樓放哲學書、書架子邊邊、睡。牆晃晃。地板積水。天窗開一半電梯門開一半、煤渣似的碎碎小小的東西、數ニ十個。四十個。搬書跑。

跑一下子、跌。吵架。電梯裡面也有黑磨磨的、短的、卷的時空洞。不知道連去哪裡。

4

圍

圈圈

同個時間北方、電車二號車廂、靜靜的。車頭、前面、後面的車廂數十四節、不知道移去哪裡。臉像河馬的人坐車頂。呆呆的、看雲。

雲的形狀、一下子是玩具熊的樣子。一下子變成樹的年輪。山變紅色。藍紫色和花色。不知道是樹還是人的東西、在、摩天樓的電梯裡面睡。有的時候是老爺爺的樣子。有的時候變成水。靜靜的慢慢的流、往東。

下午三點鐘。提燈籠的蝶螈家族路過。看一下子、拉手圈圈。祈福。夜的四點鐘、不知道誰、把影子送回來。好好的安撫了、好好的縫回去了。影子抱他一下子幫他遮雨。他不知道。

然後、開巴士的人、手被偷牽一下。帽子商人的女兒在簷廊睡。房子是很久以前不知道是人還是樹的東西、出生長大的地方。房子歪歪的。煙囪歪歪的。祈雨的法陣、後院石燈籠、都長草了。

清晨。巴士站長草。巴士切開的右邊、瓜藤、四個座位、在橋下漂。路過跆拳道教室遊民的家、帽子商店。借鳥和水鴨睡一夜。山歪歪的。天空歪歪的。河岸有熊、拎著釣竿匆匆忙忙跑掉。

清晨。小摩托車的油箱長草了。清晨騎著小腳踏車工作去的人、背、指頭和腿邊邊、兩個車輪、長草了。人不知道。

同個時間、掃地機器人被卷心菜的卡車載走。滾一下子、醒。往北。開卡車的人唱胡桃的歌、有的時候數羊。路的左邊、有玉米田、右邊、是酒神和山神的廟。路歪歪的卡車晃晃的。

掃地機器人、眼睛、有的時候是蔥的顏色。白白的綠綠的。手最長、可以折出四十二個關節、繞巴士左、右、兩圈半。能模仿的動物聲音約略三百種以上。有的時候、能說一點歷史的軼事。能說一點笑話。說一點謊。一點字謎。會唱羊的歌、不知道有什麼用。

下午一點鐘。怪的小孩子、在鬧區中央、四個、五個巷子的交會點。放鮮花和豆奶的轉角、睡。有的時候、手踏踏。有的時候夢見稻草人。說一點話。說漁夫的事情。

臉被捏一下子。然後腳底、手塗黑。兩個臉頰畫漩渦圈圈。小小的。他不知道。下午一點鐘。和卷心菜、熊、蜘蛛、搭卡車進郊區。路晃晃的。歪歪的、卷。他不知道。

三點鐘。怪的小孩子醒一下子、滾。下巴。長一點草。屁股長一點草。他不知道。田中央、稻草人和兩個、螺的家族路過。圍著看、說一點話。他不知道。

## 5

## 月光

## 詹姆士

看一下子。說、這個小孩子脾氣壞是不是因為、睡覺、習慣卷著睡、睡的時候嘴巴經常開開的關係。又說、這個小孩子要是、好好的洗臉梳頭、好好的學、彈琴和氣功。大概、人緣和運氣會好一點。不知道哪裡來的根據。大概、沒什麼意思。只是好玩。消磨旅途中無事的時間。

同個時間、名字裡面有個鹿字的男人、在海裡。身體卷卷的。長草。一下子沉。一下子卷上來。往東漂。

他的提琴、點心碗、十一歲的時候收到的情書。他買下的一間乾洗店。一間書店。在海裡。一下子沉一下子卷上來。路過的鳥魚游進來。在牆洞。在西裝領子、口袋。穿過短的、卷的時空洞。卷、游出去。碎碎小小煤渣似的東西藏鱗片裡。藏羽毛裡面。往東。

他十一歲的時候、睡的地方和偷偷哭的地方、長草了。他買下的小酒館、小飛機、酒窖和樹林、畫畫的人和軌道工人合租的舊公寓、長草了。長一點、有刺的灌木、雨傘花。

纜車歪歪的。魚缸和收割機歪歪的。海平面、彩虹和雪人、歪歪的。卷。女人和小狗和深夜巴士慢慢的靜靜的動。清晨、名字裡面有個鹿字的男人醒一下子。看人走路、看車子跑、草晃晃。再醒來的時候、他回到海裡。被花皮膚、芝麻眼、長鹿角的大蠑螈背著走。

然後、瑪莉安星星船曾經住過的穀倉、當舖、馬戲團的篷子和樂園售票亭、紅地毯、長草了。短短的、蓬蓬的。草裡面有卷的、閃亮的東西。

草裡面。有的時候、有海豚的影子。小小的。淡淡的。慢慢靜靜的動。有一點秋天的涼的味道。有寫字的聲音。小小聲。人的耳鼻、被子長草。人不知道。

然後、臉像河馬的人、身體像吹氣球一樣很快很快的脹起來。低飛、過平交道。山洞。晃晃飛。下午一點鐘一下子、氣消了。

6

**算命師和龜**

**南瓜商人**

**的隊伍**

燈塔也歪歪的。馬場和肉店、湖歪歪的。人不在掉落的地點。草那邊、好像有細細滑滑的東西、游出來。湖是太陽色。燈塔是黑色。帽子商人的女兒、在河上的屋子睡。結界中間長一點草。船底、裙子涼鞋、長草了。

臉像河馬的人、的臉、手、和肩膀、長三顆痔。小的時候去動物園、一次。坐兩趟遊園火車、過山洞。回家。沒看到變色龍也沒看到河馬。

下午一點鐘。穿松鼠裝的人在、算命師和龜、南瓜商人隊伍裡。走走。有的時候看蝴蝶。聽草的笑話。有的時候睡。

人睡。換松鼠走。有的時候同手同腳。有的時候跑跑、翻筋斗。有的時候彈吉他、小小聲。說一點草的笑話。最喜歡梳毛。最喜歡學掃地機器人報氣象。人不知道。

午。貓打滾。沙發和小電視歪歪的。人歪歪的、貓跳箱子。電視裡面、喝湯的人、被罵的人、舌頭長草了。舌頭是卷的。進來的光線也是卷的。像男孩子的女孩子跳箱子。看學舌鳥、像貓一樣磨蹭桌子腳、小花瓶。不知道為什麼。睡的時候長豬鼻子和虎斑尾巴。她不知道。

被拎起來。一下子。被不知道是貓還是熊還是老鼠的家族、圍圈圈看。唸咒語。下午一點鐘。尾巴和豬鼻子消失、長痔的地方長草。長鰓和耳朵。長灰黑灰黑、煤渣似的斑。一點點。

十點鐘。不知道是樹還是人的東西、爬出黑磨磨的地方。抖一抖草。抖一抖雪、跳。二號車廂歪歪的抖抖的。過山洞。蜂蜜店和腸胃診所。左邊、坐貓媽媽和貓孩子。一隻三色、一隻灰黑。右邊給影子坐。

影子透明透明。沉沉、軟軟的、粉粉的、像一塊大涼糕。影子坐車廂便往反方向歪。不知道是樹還是人的東西睡。給小貓靠著的左手臂。樹枝。有的時候變成毛線。球、卷笛。他不知道。

## 7

## 家

洞長草。水井、水邊的繩子和圓桶、長草了。巴士切開的車頭、左邊、合起來。卷而柔軟的草莖由車底攀沿往上、斜斜的、輕輕的慢慢地動。

下午一點鐘。不知道誰和誰躲、掃地機器人身體裡面。有的時候吵架。有的時候安靜。吃餅乾。掉一點渣渣。掉一點草。睡的時候小體操室卷一下子、變球型。滾滾。跳馬箱是粉紅色。星星是秋葵的樣子。

開巴士的人和紅頭髮的女孩子、小的時候、小名都叫爪爪。小的時候都住過漁村。給他們、住的地方、魚和熱湯、取名字的人、不在了。

他們不知道。睡的時候不知道誰和誰、在旁邊、講交通和人行道的事情。地震的事情。有的時候玩爪子。吵架、有的時候、很安靜。吃餅乾。吃的時候小小聲。很秀氣。

紅頭髮的女孩子、十一歲的時候、有媽媽。兩個弟弟一個姊姊。十一歲的時候是班級裡最矮的。近視最深的。最喜歡下雨。最喜歡女孩子剪短髮、露出來短短的脖子和圓耳朵。有的時候、假裝討厭吃魚。

開巴士的人也學過蓋房子。很久以前喜歡的人現在、還住漁村。養的小雞和狗、父母親、姑姑、和有蘭花的小廚房、都長草了。開巴士的人、也近視眼。最喜歡海。

也被喜歡的人喜歡過。兩個月。也有一點點賭運。兩個月。可是那個時候、自己不知道。下午兩點鐘。鐵樹和米店、滑板、沙坑和快遞員歪歪的卷卷的。

8

**臉 是 鐘 面**

**腳 是 椅 子**

名 字 裡 面 有 個 鹿 字 的 男 人 、 睡 。 長 鬍 子 的 地 方 、 長 一 點 草 。 長 蝸 牛 。 綠 的 、 藍 灰 色 的 、 卷 卷 的 。 身 體 卷 的 。 不 知 道 被 誰 、 放 大 口 袋 裡 。 駝 著 走 。 路 上 有 的 時 候 、 有 風 笛 。 鏈 條 和 滑 輪 的 聲 音 。 油 油 的 、 卷 卷 的 。

夜 。 醒 一 下 子 。 草 撥 開 一 點 看 袖 子 色 的 雲 。 看 鳥 吃 飯 。 星 期 三 。 醒 來 的 時 候 、 人 在 西 北 方 。 亮 的 地 方 。 數 六 種 三 十 二 種 聲 音 、 說話。不知道討論什麼。小小聲、不吵鬧。

睡的時候大口袋轉手兩次。過墓地。劇場。有蠍子和鼠尾草的地方、繼續往西北。駝著大口袋的東西、臉是鐘面。腳、一隻穿皮靴。一隻像裝了滑輪的、椅子的木頭腳。走三天、停一天。停的時候讀書。書的字、符號照片、長草。臉、關節的鐘面、卷卷的糊糊的。

然後、紅頭髮的女孩子、醒一下子。跳。在她裙子口袋、混在豆子裡面、兩個、三個碎碎的小小的煤渣似的東西、和車票、圓扣子、三葉草、和、不知道什麼生物留下的空的殼、草、葉子、混在豆子裡面、卷的、碎小的時空洞。邊走邊跳出來。很多很多。她不知道。

同個時間貓看煙火。人穿雨衣。小拖鞋和紙箱城堡、歪歪的。人的臉和聲音、卷卷的糊糊的。牆是綠的、灰白、橘子色。三角鐵的聲音像水漂。

然後帽子商人的女兒醒一下子。和父親一起、坐石階梯。看人。歪歪的、晃晃的走、看綠色銀色大蜘蛛、推巴士走。過橋。人的眼睛是昆布的顏色。人穿過人的身體、樑柱和牆壁、走走。人不知道。天空是淡的茶色。橋看起來像狐狸的尾巴。

然後、甜的東西和土、鐵壺和詩歌、畫架、棺材和馬戲團箱子、裝卡車出發。往西北。穿松鼠裝的人、睡、不知道。

像男孩子的女孩子十一歲的時候學芭蕾。給她食物鞋子、教她跳舞和化學的人、不在了。十二歲的時候、她跟著馬戲團旅行、兩個月。當魔術師和訓獸師的小幫手。有的時候假裝哭。有的時候偷偷哭。人不知道。

下午一點鐘。兩個地方淹水霧散開。房子後面有黑的雲。長草。人在水裡面走、吐泡泡。開車說話、轉圈、買三明治。脊椎矯正器和牙套、果子和人行道、長一點草、卷卷的。人不知道。

9

**兩個**

**螺家族**

下午一點鐘、夜。帽子商人的女兒在水裡面、松鼠裝裡面。睡。不知道被誰當作馬的寶寶、安靜地觀看著。

同個時間、空中、穿松鼠裝的人睡。手勾著腳。腳勾脖子、飄。有的時候往西北。有的時候、身體漲成、像風箏一樣、平坦的、正菱形。不知道為什麼。也不知道自己、身體光溜溜的、只穿襪子。戴鴕鳥頭套。

穿松鼠裝的人十一歲的時候、有哥哥。有朋友。一個。現在不在了。哥哥住的地方、和讀書的地方、長草了。穿松鼠裝的人、喜歡柳葉魚。熱水澡。喜歡聽名字裡面有個鹿字的男人、說、風光風光的少年時代。

喜歡掃地機器人和怪的小孩子、臭屁、裝大人的樣子。穿松鼠裝的人喜歡熱牛奶。有一點色盲。自己不知道。

星期三。怪的小孩子耳朵裡面長草。腳長草。一下子。在山坡、轉角的地方、被捏臉。被當作誰家的哥哥、一下子。被當作祕密的談心對象。他不知道。

怪的小孩子十一歲。最討厭星期三、月亮、豆芽還有、交朋友和睡覺、這兩件事。也有近視眼。有的時候假裝沒有。有的時候不穿鞋。最喜歡老爺爺和下雨。討厭星期四。星期五和星期日。也討厭冬天和掃墓節。討厭上學、可是、最喜歡穿校服和背書包。

然後、像男孩子的女孩子唱歌。一下子、睡。唱的時候十字路卷卷的。歪歪的。人和車和舉旗子的玩具熊、小猴、紙、草和雪屋和超市、電影院斜斜的滾。倒。立正。斜斜的滾、像波浪。

然後、兩個城市消失、一下子。人不知道。開巴士的人臉像河馬的人、往西、北。轉東。同個時間紅頭髮的女孩子離開修車廠、往南。路的名字叫做、月光詹姆士。草是灰色的、黑色的、路是藍色。路積水。掃地機器人在瑪莉安星星船、睡、掃地。巴士靜靜的。呆呆的。

天台。剩兩隻蜉蝣、烏龜和變色龍。水缸和井、不知道去哪裡。雜貨店不知道去哪裡。可是、旅館名錄和電話本留下來。錢箱和記帳的紙卷、留下來。拖把和櫃台、算盤、鞋拔、釣竿、餌留下來。不知道有什麼用。

下午一點鐘。瓜藤、蜘蛛網和棒棒糖樹、鳥籠、長一點草。巴士往南。停平交道、時速三十。有的時候跳。有的時候被拎起來、晃晃的走。圓窗子卷卷的。四個座位、給鸚鵡兄弟、蟹兄弟。紅頭髮的女孩子、手和腳、記憶和視力、卷卷的。

## 10

## 變成熊

## 自己不知道

下午一點鐘。運氣好的人和、四個可憐蟲、梅花樹銀杏。六號山洞。和開巴士的人、和海。鬼屋還有鬼魂。卷一起。哭的時候長一點草。思考和發呆的時候、長草。人不知道。人以為自己、仍在週而復始循環的日常裡。

然後、名字裡面有個鹿字的男人身體、不知道被誰借用。借一下子。到處逛逛。跳跳、醒了睡。有的時候鞠躬有的時候哭。

有的時候划船。抽菸、一下子。名字裡面有個鹿字的男人、不知道。巴士往南。東和北。臉像河馬的人、睡的時候哭。有的時候放屁。自己不知道。眉毛變成草舌頭和肚臍變成草。三點鐘、瑪莉安星星船十一歲的時候遇見的人、石頭、熊和椅子變成草。

曾經住船上躲雨、躲壞事、取暖的人。在船裡面學寫字學歷史、音樂的小孩子、不在了。

然後、屋頂上畫畫的老爺爺變成草。像男孩子的女孩子畫不知道是船還是巴士、還是長頸龍的東西。和碎碎的、小小的、煤渣似的東西、一起走。往東。路軟軟的。房子和水車、軟軟的。

巴士是葡萄色。瓜藤的葫蘆瓜是格子、花色。圓窗子和星星後照鏡、四個座位裝回去。歪歪。卷卷的。車頂、車尾、露台架好。舖芭蕉葉。松蘿和草。冰淇淋機和引擎壞一下子。好了。起霧、雨變成草。路和森林在蜉蝣的腳下。巴士睡。睡在很高很高的空中。自己不知道。

清晨。帽子商人的女兒變成老奶奶、一下子。怪的小孩子、變成雲、長草和長蝸牛的雲。是、看起來脾氣很壞的雲。一下子。掃地機器人、變成熊。一下子、自己不知道。

出山洞。電車軌道和長頸龍的肚子、長一點草。然後、紅頭髮的女孩子變成傘。屋簷。一下子。借水熊蟲的家族躲雨。繞山兩圈在草裡面滾滾。然後回到小圖書室門口、掛帽子、襪子、晴天娃娃、放雨鞋的地方。

下午一點鐘。不知道是樹還是人的東西、在二號車廂。在龍的肚子、榆樹森林。下車、下月台。沿河走。往家的方向。影子走前面、有的時候跳。有的時候吹卷笛。

家好好的。歪歪的。床和椅子和樓梯、長草。卷卷的。影子卷卷的、睡。累了。很安心。然後燈變成草。火、葉子和木頭、馬鈴薯和水池變成草。風卷卷的。往前的路和往後的路、糊糊的。風的聲音聽起來像河。鍋子的煙是葡萄色。家是、碎碎的小小的、煤渣似的東西。

貓醒一下子。曬太陽、卷著睡。下午一點鐘、人過來抱一下。說一點話。可是貓不知道。樹洞長草。不知道是樹還是人的東西、卷著睡。海是黑磨磨的。星星是黑磨磨的。卷的、往東。南和東北。草和天空呆呆的。很安靜。

無常
言葉集

星體A朝向星體B
加速隕落的時候
(六)

WHEN THE STAR A
ACCELERATES TO
THE STAR B, 6

BY MUJOKOTOBA

## 1

## 有沒有

## 多的襪子

四個人圍圈圈。四個人說話。帽子商人的女兒、寫字。不知道誰說。積雨雲不是移過來了嗎。

安靜。兩個人睡。貓抖耳朵。臉像河馬的人剝糖果紙。聲音小小的、很清楚。名字裡面有個鹿字的男人、說、現在所在的地方不是空中。不是陸地不是海。

瓜藤抖葉子。兩個女孩子繼續說超新星、超人、蟬的事情。

開巴士的人修理風扇、小電視。旁邊、怪的小孩子、吹小號。失敗。生氣一下子。

不知道誰這麼說。說、現在說的話、想的事情、源自某個星體的內核。源自曾經、在星體的表面生活過、許多矮小的、愛吃咖哩飯的、軌道工人的世界觀。

說的話、想的事情。他們腦袋裡面碎碎的卷卷的彷彿宇宙間的星塵雲屑、源自另一星體上、某個圓窗子邊、灰黑灰黑的老搖椅和它的影子曾經有的世界觀。

牙完刷。掃地機器人咕一聲說晚安。早安、謝謝招待。說陰天的山和梅雨季。旁邊不知道是樹還是人的東西、呆呆的。影子和貓在樹洞睡。

瓜藤抖葉子。兩個女孩子繼續說聲樂家、天燈、蟲洞的事情。穿松鼠裝的人、坐中間。靜靜的。手放膝蓋。

像男孩子的女孩子畫一半的東西穿松鼠裝的人接著畫。帽子商人的女兒接著畫。畫的時候臉像河馬的人、蓋皮箱。聲音小小的、很清楚。然後、嘗試吹小號。失敗。

抖耳朵。名字裡面有個鹿字的男人、問、有沒有多的襪子。然後掃地機器人開頭頂的氣閥。咕咚咕咚。兩隻三隻、機器手臂縮回肚子找。貓站起來等。眼睛圓圓亮亮。

穿襪子。然後穿鞋。動作小小的很專心。

然後、開巴士的人修理發動機。不知道是樹還是人的東西、在旁邊看。有的時候、遞工具。有的時候端水來。點燈。數人、杯子和尾巴。

怪的小孩子肚子餓。圍圈圈討論午餐的事情。等著篩麵粉、掃地和燉煮的時候、圍圈圈。討論要不要解散、分開走。

2

**咕咚**

**咕咚**

四個人說話。喝水。肚子有咕的聲音。小小的、卷卷的很清楚。四個人鋪草蓆。擺碗、叉子。不知道誰說、原來作為、沙漠裡孤獨生活的變色龍、是那樣的感覺呀。

接著說。他看出去的景色和聽見的聲音。他的觸覺和習性來自、曾在他胃囊裡住過的、卷的、軟的甲蟲軀體。曾在他身旁張開厚而短的葉片、一起等夕陽和露水的肉莖。來自他的影子和他的、父親母親的世界觀。

說的時候、臉像河馬的人讀書、貓喝水。紅頭髮的女孩子跳一下子。跌倒。

臉像河馬的人唸書。穿松鼠裝的人、坐對面聽。有的時候和貓一起睡。有的時候抬頭。抖耳朵。紅頭髮的女孩子跳一下。跌倒。生氣一下子。

唸書的聲音、小小的。很清楚。在、穿松鼠裝的人背後不知道誰說。現在所在的地方是不是書裡的世界。接著說、那個世界是不是源自綠眼珠、跳躍力很好的、鍋子商人的世界觀。

然後、紅頭髮的女孩子眨眼睛。好像懂一點、書裡面、寫書的人決定不寫出來的事情。有所感想無法明說的事情。

旁邊、像男孩子的女孩子和怪的小孩子修理小摩托車。失敗。旁邊、貓磨樹。磨掃地機器人。抖葉子、毛和水滴。機器人臉紅紅的。一下子。名字裡面有個鹿字的男人、背對坐。

椅子、球、很亂的球網掛車尾。掛好了、四個座位拔起來。掛繩梯。畫和月曆。然後修理鐘。想一下子、車頂和底盤打結的亂的樹枝、怎麼辦。

開巴士的人架瓜藤的時候帽子商人的女兒在棺材裡面。找、她的蟾蜍錢包、和黃梨木魔棒。

揮三下。不知道是樹還是人的東西、抖葉子。眼睛灰灰的。亮亮的。紅頭髮的女孩子進樹洞。不知道誰在小冰箱、和棒棒糖樹後面。掃掃地。有的時候寫字。

芭蕉和天線後面。穿松鼠裝的人捏鼻子。換綠海星裝。貓打噴嚏聲音小小的、很清楚。四個人假裝睡。四個人無事。

不知道誰在問、盤子和辣椒的事情。問、烏龜的龜還有、鎖、何者的何、怎麼寫。

## 3

## 腳 一 蹬

接著、像男孩子的女孩子和怪的小孩子、修理小電視、收音機。失敗。生氣一下子。一個、跑去看麵團、看火、一個去看畫。數罐頭。名字裡面有個鹿字的男人攪拌湯。手慢慢。笨笨的。旁邊不知道誰說。現在所在的地方遠遠看過來、像正在攪拌湯的、老狐狸的背。

接著說。老狐狸穿的黃格子襯衫皺皺的。

攪拌湯。不知道是樹還是人的東西、手過來灑一點鹽。香草。旁邊不知道誰、接著說。老狐狸攪拌湯的速度、弧度、想的事情、胃口喜好源自、陪著他失散的兒子一起旅行的、一個三百西西、小水壺的世界觀。

開巴士的人洗車。洗、怪的小孩子的髒褲子和髒書包。然後順便洗自己的頭。不知道誰接著說、街道、豆子、月亮、的世界觀。

說的時候貓舔手。舔尾巴。兩個女孩子繼續說、鴨嘴獸公車的事情。說的時候、紅頭髮的女孩子、扭腳趾頭。

瓜藤抖葉子。吐氣。口哨和關節、彎的聲音、小小的、很清楚。四個座位放車尾。椅背掛毯子、蒜頭和風車。掃地機器人睡的時候夢到帽子商人的女兒變成剛出生的黃皮膚的小恐龍。躲、爸爸的尾巴後面。眼睛圓圓亮亮。

然後安靜。開巴士的人叼著禾草擦窗子。修理方向盤。換機油。名字裡面有個鹿字的男人問、有沒有牙籤。不知道誰、手過來。幫他拍肩上的沙。

擺盤子、手巾。穿松鼠裝的人幫像男孩子的女孩子化妝。塗一點口紅。梳眉毛。剪下來的指甲、白頭髮、放空的顏料罐。

茶葉找到。開魚罐頭的時候貓第一個來。

釣竿找到。做一個石頭窯、烤鹹派。火的聲音、也小小的。很清楚。湯好的時候、不知道是樹還是人的東西、第一個來。四個人圍圈圈。

貓在高的地方。掃地機器人被紅頭髮的女孩子抱著走。頭頂一個碗。耳朵紅紅的。吃之前、不知道誰默念。清晨、樹洞、回到這顆星球誕生時。然後合掌。手輕拍。

貓看高的地方。開巴士的人、看貓。怪的小孩子看烤窯。臉像河馬的人、喝溫的茶。不知道誰說如果有和草說話的才能、不是很好嗎。說的時候、打嗝了。

找頭巾和香菸的時候、發現海的小說。不知道誰的明信片、沒寫字。貼郵票的地方畫、不知道是妖怪、還是藤、還是吹風機的東西。報紙和遺書、掃地機器人的使用說明書。晾乾的瑪莉安星星船日誌、照樣墊在雙耳鍋和星象儀底下。

海與老人與狗的電影海報壓平。貼老地方。棒棒糖樹、駕駛座的枕頭、歪歪的放。不知道是樹還是人的東西、和他的影子、不知道為什麼惹貓和帽子商人的女兒生氣了。

名字裡面有個鹿字的男人唱歌。小小聲。開巴士的人在高的地方寫字。也唱歌。都小小聲。

不知道誰問有沒有衣架和梳子。然後、紅頭髮的女孩子拿兩個鞋拔來。掃地機器人拿柚子糖來。窯那邊、怪的小孩子、看高的地方。穿松鼠裝的人偷偷喝湯。喝的時候、尾巴搖兩下。一下。

四個人圍圈圈。臉像河馬的人說鬼故事。貓看、穿松鼠裝的人脫頭套。脫鞋子、扭腳趾頭。開巴士的人戴蝸牛耳機。看星星、鏡子、影子、瓜藤和玩具老鼠。帽子。人的背。

貓上來。不知道誰、丟紙飛機上來。不知道誰在下面踩凳子。不知道是人還是樹的東西手過來。貓端下去。兩個女孩子繼續說企鵝和龍舟節的事情。倒溫茶。開巴士的人哭一下子。然後睡。

說、蛇頸龍還有兩種、三種、鹹派的做法。說的時候、開巴士的人離開了。

4

**哭的時候**

**不知道誰**

**敲門**

四個人無事四個人捲草蓆。帽子商人的女兒修理望遠鏡、失敗。不知道誰說。開巴士的人離開的時候、在很遠的海邊、獸醫院、大概、一位年輕醫師、正在為桃子搖籃裡的三隻小猴子看病。

然後、名字裡面有個鹿字的男人接著說。走的時候是不是、像山裡面細小的流水那樣、腳一蹬、身體卷卷地進入耳機音孔裡呢。

不知道誰說。腳一蹬、身體咕咚咕咚飛起來。說的時候紅頭髮的女孩子看一下自己的腳。腳踝和腳底。畫月亮和燈籠、畫河豚的白襪子、拉一拉。接著說。走的時候大概是安心又煩惱的。

四個人聽。怪的小孩子、生氣。不知道是人還是樹的東西、看影子。四個人安靜。那邊、穿松鼠裝的人點香。是海潮和白檀的氣味。

那邊、像男孩子的女孩子和掃地機器人、發現駕駛座後面後面、放鳥籠的座位下、變色龍餅乾盒子裡面、有煙火。

不知道是樹還是人的東西、接著說。腳一蹬、變成咕咚咕咚、閃亮亮的火的影子。不知道誰問。火柴和車鑰匙、在誰口袋裡。然後圍圈圈。看綠色、蒲公英、金銀樹和橘子樹的煙花。像男孩子的女孩子找畫筆的時候、紅頭髮的女孩子離開了。

## 5

## 介質

安靜一下子。貓睡、掃地機器人掃煙花屑屑。紅的豆子、和紫色豆子。臉像河馬的人唸書。一下子。聲音小小的很清楚。

不知道誰偷偷的。給、不知道是樹還是人的東西、穿一隻、紅頭髮的女孩子留下的河豚襪子。左腳。穿左手拇指的指節、抽芽的地方。右腳的紅月亮襪子偷偷的放自己口袋。

不知道誰這麼想。紅頭髮的女孩子像河流一樣卷卷地、腳一蹬、進入襪子裡的世界。那個世界、源自某個星體的內核。源自引力相互牽動、另一個星體表面上、曾經活過的、樹洞裡的蚯蚓和妖精他們的世界觀。

然後、帽子商人的女兒給怪的小孩子、剪頭髮。貓抖耳朵。瓜藤抖葉子。剪頭髮的時候唱歌。聲音小小的、很清楚。

找砂紙。名字裡面有個鹿字的男人、拿指甲刀和可可餅乾來。四個人睡。走走、無事。像男孩子的女孩子找靈感。失敗。生氣一下子。

接著說。現在、畫的東西和寫的事情。源自掃地機器人的內核。很久很久以前、曾在他的記憶活過、沒有燈、沒有學校、船廠旁邊、名字裡面有個卷字的小鎮。他的世界觀。接著說、他內核裡的迴路。源自某個星體表面、活過五秒鐘。名字裡面有個卷字的孩子、他的世界觀。

說的時候、穿松鼠裝的人跌倒。不知道是樹還是人的東西、他的影子、耳朵拉長聽。

名字裡面有個鹿字的男人找吉他的時候、從高的地方跌下來。跌的時候、不知道誰在鼓那邊、練習捲舌、魔術和餐桌禮儀。

結果、吉他在貓的、紙箱底下。口琴和三角鐵在沙子盆的邊邊。瑪莉安星星船的錨掛鐘、藏馬戲團箱子、河馬的頭套裡。不知道誰放的。臉像河馬的人戴眼鏡。頭頂著書走過來。

圍圈圈。看一下、聞聞、摸摸。名字裡面有個鹿字的男人消失的地方。有一點酒氣。有點蝦米氣味。臉像河馬的人、頭頂著書、剝糖果紙。貓過來的時候咕嚕一聲。差點滑倒。站好了、眼睛亮亮的。

圍圈圈。說好的話。說說光子、電子、暗物質的事情。鼓那邊。不知道誰和穿松鼠裝的人、一起蹲著。大概在哭。

開窗。開玉米罐頭。怪的小孩子和像男孩子的女孩子修理小摩托車。大概成功了。一個推、一個蹬腳。安靜一下子。借不知道是樹還是人的東西、他的手、腳趾頭和頭髮、墊枕頭躺躺。他的影子自己做了吊床。躺躺。

不知道誰說。遠遠看進來這個地方、是不是像、散步的女人、手握著、靠著肩膀的亮亮的白色洋傘呢。

接著說。傘旋轉的樣子和抖抖、靜止的樣子、源自、另一個星體表面玉米田的流星坑。斜斜看土紋和冷泉交織的結界與世界觀。說的時候、帽子商人的女兒、找捲尺。怪的小孩子吃洋蔥乾。不知道誰說。現在所在的地方、約莫是由影子、一層一層包覆起來的。

然後、掃地機器人從發電機背後划出來。好像有靈感。想說話。結果、咕嚕咕嚕。兩聲。抓抓頭划走了。

## 6

## 小小聲

像男孩子的女孩子覺得他走的時候、大概是唱著歌的。歌的名字和泡澡水有關係。臉像河馬的人覺得他走之前大概、想說再見。想和誰下棋。說說明日的天氣。想和貓玩。然後發現、想說的話和想做的事、已經無法以現有的組件和語法表達了。

他留下的、意識、已離開的安靜的、小小的、球的身體。端去車尾。小電視和留聲機旁邊。和怪的小孩子、和貓一起。看宇宙誕生史、英雄電影、深海探索錄影帶。

貓磨磨。瓜藤抖葉子。不知道是樹還是人的東西、抖耳朵。旁邊不知道誰、在修理燈。

棺材裡面、計程車招呼站的牌子和巴士站的牌子、端出來。擺好了。穿松鼠裝的人吹小號。小小聲。兩個人睡兩個人畫圖。收盤子湯匙。

不知道誰晾衣服。等的時候借烏鴉裝穿。

旁邊、臉像河馬的人在收行李。鳥籠看一下。口袋翻一下。找維他命。修理皮箱的鎖。找的時候不知道誰、說現在這個地方行進的速率。介質。還有、像是身體裡面生出瘤一樣的慢慢膨脹、發散、擴張的感覺。

是不是源自不遠處的小豆色星球哭的人。疲倦的人回家路上。早晨、被某個素不相識的人、他的世界觀、逗笑了。走著走著莫名其妙有種時光倒流的感覺。

皮箱垮一邊。臉像河馬的人、搖頭。說、聽不懂。旁邊、穿松鼠裝的人說、感覺就像清晨、天台上。躲在屋頂斜斜的、小屋子裡面。哭的時候、不知道誰敲門。

開門看。來的是、好像歷史書裡面走出來的、傲氣的、臉圓圓的少女和、不知道是鴨子還是企鵝還是海獅的小東西。說、走了很遠很遠的路。幫人帶一封信來。給你的。那種感覺。

貓也聽。像男孩子的女孩子、也聽。不知道是樹還是人的東西、搖頭。還是聽不懂。帽子商人的女兒看怪的小孩子、不知道懂了什麼呢。笑一下子。聲音小小的很清楚。

然後安靜。兩個人睡、瓜藤抖葉子。貓在樹洞。醒的時候、發現不知道是樹還是人的東西、變成真正的樹的樣子。裡面、一半的人的意識、再也沒有回來。

他的影子自己晃晃。安靜。一下子。裝作是怪的小孩子的影子。火和湯碗的影子。跟著晃晃。

**7**

**說**

**積雨雲**

**不是移過來了嗎**

圍圈圈。像男孩子的女孩子在貓的右邊。穿松鼠裝的人看影子。臉像河馬的人、在貓的左邊。帽子商人的女兒背對坐。兩個人說香菇的事情。兩個人下棋。抖耳朵、樹和雨刷抖葉子。

不知道誰這麼說。不知道是樹還是人的東西、他的意識已經回到曾經環繞銀河、黃色星球的高山草原。白白的、晃晃的、菇蓋子底下。像豆子那樣小的。碎碎的煤渣似的小東西、他的幻想世界裡。

聽的時候、像男孩子的女孩子忽然有鬥志。想一下子、跑一下。抖抖手。拉筋。然後、顏料和筆和大畫布全部推過來。椅子鍋子推過來。鼓那邊、閒晃的影子、端過來、擺正。擺出、平常呆呆的、想事情的樣子。邊睡邊說夢話邊卷曲的樣子。

結果畫了、不知道是積雨雲還是騎士、還是、有彩虹橋大王花、綠綠的紅紅的、像熱帶叢林大浴場。看不懂。可是自己很滿意。

不知道誰說。看不懂。可是感覺得到鬥志、這個東西。說的聲音小小的、慢慢的、很清楚。

接著說。畫裡面的鬥志、約莫源自、在黑磨磨的地方暗自觀察的眼光。穿越開巴士的人、他的意識、紅頭髮的女孩子、掃地機器人和名字裡面有個鹿字的男人、他們的意識。在他們身後、邊走邊等、步履不停的世界觀。

不知道誰問有沒有咖啡豆。貓跳走。茶葉屑屑飄走。怪的小孩子晃頭晃腦。生氣。

兩個人睡。然後再也沒有醒來。

圍圈圈。貓過來、影子也過來。看、臉像河馬的人、裹著被子。露出一點睡衣的角角、和他斷的右手的大拇指。有鼾聲。聲音小小的、很清楚。不知道誰、在他旁邊、擺紙的荷花、小紙船。

也不知道誰說的。說、臉像河馬的人、實際上、他的意識、現在正在穿松鼠裝的人頭頂著的麻繩小甕裡。然後穿松鼠裝的人、他的意識、現在正在被子底下、歪歪舊舊的皮箱裡。

然後、帽子商人的女兒唸咒語。小小聲。貓和影子在旁邊看。呆呆的。眼睛灰灰亮亮。

不知道是不是、烤窯那邊的桿麵棍、和湯匙、動一下。方向盤、四個座位和字典、風車動一下。亂的東西慢慢的動。歸位。感覺好像、開巴士的人回來了。紅頭髮的女孩子、又在灑豆子了。怪的小孩子、吹小號。又失敗了。又生氣。不知道誰到處晃晃找找有意思的事情。

然後安靜。收魔棒、然後掃地。結果、什麼也沒發生。臉像河馬的人睡一覺醒來。穿松鼠裝的人在旁邊看、呆呆的。大概是喝了酒。一點點。昏昏的。所有離開的人都好好的。他們的意識已、遁入無限廣大、螺一般的、神祕且未知的世界觀。

在那之後、穿松鼠裝的人、去打鼓。一下子。聲音小小的。貓去找影子。帽子商人的女兒、找玉米粉和蜂蜜。然後午餐。午餐的時候說了太陽的事情。和一點瑣碎、安靜的、呆的事情。

無常
言葉集

# 星體A朝向星體B
# 加速隕落的時候
# （七）

WHEN THE STAR A
ACCELERATES TO
THE STAR B, 7
(END)

BY MUJOKOTOBA

## 1

## 皮箱

十月。從前、臉像河馬的人經常坐、發呆、刷牙、茶色的舊皮箱現在、和椅子商人一起旅行。他們去下雪的地方。去、銀杏公園森林市鎮。他們穿越河谷、山。去過北極星旅館。穿越垃圾河。山。馬戲團隊伍。蝙蝠洞。十一月。回家、店舖。睡。打掃、再出發。

去山的背面找老朋友。雲霧裡、有小水溝、草、涼亭。鋼琴。有巴士站牌的邊坡。沒有名字的齒科診所、清晨五點營業。

五月。椅子商人和、不想上學、不想回家、研究牛和宇宙的小孩子、狗、和老孩子一起。在冬青樹背後、往東十步、挖洞。蓋地窖。蓋小樹屋。做床和椅子、圓窗。修理電視抽水機。做繩梯。地窖一個出口、和、診所二樓浴室裡面、修不好的洗衣機相連。

六月。樹屋完成。椅子商人填好蛀牙。剪頭髮。扮成、聖誕老人的樣子。搭巴士去北邊。五天回來。

2

**貓的媽媽**

**來這裡**

等的時候、茶色皮箱、待在看診間。在、洗手台和花架、椅子下面。和書。瓜藤、留聲機、米桶和貓窩、擠一起。呆呆的。靜靜的。有的時候看燈、影子。雨滴和倒映的雲。有的時候睡。他不知道很久以後、虎斑的媽媽來這裡。睡。看雲、晃晃。眼睛灰灰亮亮。

那是很久以後、第五代主人剛接手齒科診所的時期。花架下的兩張椅子後來、和閣樓、縫紉機、一起被卡車載走。椅子一個是河馬臉。一個是兔子耳朵。

等的時候有松鼠來。皮箱拉出來兩次、一次。端著。抱著。被當作枕頭躺躺。然後、被當作藏祕密的地方。不知道誰、在字典、和瑪莉安星星船航行日誌中間、夾一本、署名葵、魚的食譜。食譜最後一頁寫海、吉屋、世界末日的事情。

沒寫完。七個、三個字糊糊的、看不懂。何者的何、寫成河川的河。然後偷偷的、把皮箱的鎖修好。等的時候、燕子也來過。燕子是深茶色。松鼠尾巴是橘黃。

七月清晨。七零三、桑葚與魔豆電台照例放送、街區的車、燈號行人、週間氣象。老先生老太太的呼嚕聲。貓呼嚕。主婦閒談、青年的閒談。下午一點鐘。電台回放街區的車、地下小酒館、星期三深夜靜靜的、小小聲的、盲人與狗的閒談。

回放行人與竹林。女孩子為她的倉鼠和下落不明的搖滾明星、寫的歌。播的時候看診間空空的。餐桌下吃瓜讀報的人不知道有沒有聽。八月。椅子商人補好牙、向齒科診所告別。背、提琴、皮箱、釣竿、和鍋子。往北。走一天。停三天。離開的時候下太陽雨。

離開的時候、齒科診所的主人正在閣樓睡。睡的樣子、被旁邊、取材的小說家畫下來。畫成、不知道是推土機、還是雲、還是扇子尾巴、低飛、沙漠裡覓食的東西。畫的時候郵差來過。麵店的學徒、蜘蛛來過。

八月。夏休日。傍晚到河的下游看魚。等露天電影散場。然後搭篷子。打燈點爐。攪拌湯的時候忽然有鬥志。想起來很久以前遇見的人。海的氣味書道的口訣。然後有做椅子的靈感。九月。回家。回家路上忽然想起來、隔壁隔壁村、教提琴的女孩子。

回店舖寫信。等回信的時候整理閣樓和後院、皮箱攤開曬。左邊的肉舖子如往常、清閒安靜。右邊柔道教室、傘店、古玩和婚姻介紹所如往常、夏天清閒。秋天兼賣書、西瓜、字畫、襪子、掃地機器人。

很久以前在離家極遠的市集挑西瓜的時候、遇見曾經想一起過剩下人生的人。不知道人現在、是不是、還住海邊。不知道隔壁隔壁村、教提琴的女孩子現在、是不是還在找各種可能的、異次元時空洞的入口。

十一月。沒有回信。可是、有靈感。做椅子。不知道為什麼、最後做成球一樣的、戴草帽的、木頭機器人。然後和肉舖子的主人一起、想名字。想的時候順便、給皮箱做抽屜。十二月、神竈的圓窗子傳出咻旦咻旦、拍打翅膀的聲音。二月離家往東。店交給養病的小說家照顧。

3

## 青苔河
## 長板道與
## 短手槍

二月。夜車往南。椅子商人、往西、西北。穿越山與河谷穿越暴雨。穿越湖。造船廠和足球場。和、左眼失明的女孩子、背長瘤的男孩子、一起走。走一段路分開。

四月。睡的時候、皮箱被偷走。鎖撬開。衣服眼鏡圍巾沿路滾。書滾。豆子罐頭、滾滾。

借巡山員的小摩托車、找三日。皮箱找回來。鹽罐胡椒找回來。不知道是不是自己的手套、書、灰灰亮亮無用的東西、找回來。錢找回來、一半。買給住傘店樓上樓上、獨居的老婆婆、她愛吃地瓜餅乾、星星糖、少一半。五月清晨。借小摩托車再上山。

下午一點鐘、數、皮箱少一個抽屜。於是再做兩個、補上去。五月。搭長途夜車的時候、數皮箱少兩個抽屜、於是做六個抽屜、四個小的、兩個大的。套一起。做拉門和椿、轉閥。補回去。做的時候、和卷頭髮、耳朵像葫蘆的男孩子說話。邊想、一種開胃菜的做法。

很久以後遺失的那一個抽屜、在青苔河上游、寺院西圍牆的長板道、被發現。抽屜裝短手槍。笛子和地圖、黏土。手槍濕濕的、生鏽。

很久以前、槍的主人曾在五月路過現在、椅子商人的店鋪。那個時候、那個地方只有零散的小農舍。有蘆葦、草、豬圈、田和稻草人。有彎路。棺材店美術館。槍的主人在這裡出生長大。換了臉。換了名字回來。來晃晃、看雲。看雲的時候、她明白了自己是幸福的。

隔天清晨。她變成灰黑灰黑卷卷的碎碎的、世界之中不可見的一

部分。農舍和田、豬圈的鄰人、

不知道。

## 4

## 棺材店

七月回家。八月、和棺材店的小兒子、一起畫皮箱的設計圖。九月。發現瑪莉安星星船的航行日誌裡面、夾一封信。是沒聽過的人。沒聽過的地址。十二月、往西。途中、被誤認是誰家的小兒子。被告白。然後以、眼睛的形狀不合適這個理由、被拒絕了。

被說是、好像什麼話題都能聊一點。好像很能應付腸胃、龍葵草之類、無事忙的東西。十二月。

按照約定、到北極星旅館、住三日。收到棺材店小兒子的回信。

說是如果、皮箱好像一個巨型的船體、內部、有天井、套房、浴場、螺旋樓梯和理髮店、迷宮似的水道。有圖書室。亂的書堆之中、有卷的、黑磨磨的隧道、連接過去未來。如果有廚房餐桌。有、讓人晃晃腦袋。走走。說、積雨雲不是移過來了嗎那樣的走道。不是很好嗎。

十二月。穿越山。河谷山洞小學校。在馬鞭草荒地午餐的時候、遠遠走來的人。走路的樣子和往上看、臉的輪廓。像、棺材店的小兒子。長大了。變老、出生、然後再長大、的樣子。

好像、歷經漫長旅途終於來到這裡。可是人只是經過。看風向儀看纜車、紫色月亮。一下子。然後走開。走一段路回頭。好像在生氣。好像有靈感。三月中。經過家和店舖、沒進去。只在遠處看。聽車聲。行人和燈號。和三花貓玩。然後去墓園。去棺材店上香。

三月。往北走。去下雪的地方。天文台。幫人抬風扇、床、抬冰箱上山。做書櫃。採收、二日。扮成不倒翁的樣子、發傳單。二日。穿松鼠裝。二日。

穿松鼠裝。載一車人、椅子兒童兔子小雞。一個樂隊。穿越山。

河谷。搭船到海另一邊。海邊的車站。夜晚在月台、聽海狗的故事。龍的故事。四個人煮咖哩。四個人睡。一個人彈吉他、小小聲。站牌歪歪立在屋頂上。站牌的名字和出發時間被抹掉了。

5

**抖抖鎮南邊**

**橋下**

六月。和手語師一起走一段路。分開。學到了、再見、晚安、今日也很好。兩種表達。七月。開皮箱的時候發現一頂紳士帽。茶色。舊舊的很好看。不知道誰放的。也不知道什麼時候偷偷放進來。之後整個七月、以及之後的五年、七年的旅行、總在星期一和日、戴這頂帽子。

帽子來自許久許久以前抖抖鎮南邊、橋下的帽子商店。只在星期

一、日、清晨五點至下午一點鐘營業。現在橋變成草。河流變成草、蜘蛛黃麻和芒果樹。店變成井。無人看顧的雜貨鋪。旁邊有烏龜池、鞦韆。

6

綠

洋房

黃麻和烏龜不知道很久之後在九月。星期日、下午一點鐘、以雜貨店為中心、方圓一里、這塊極小極小、星體的表面、被急速墜落的宇宙星塵、砸出一個坑。

星塵墜落的時候、海另一邊極遠極遠之處、在署名葵、收養生病動物和孤兒的綠洋房、有大象溜滑梯的房間、熟睡的、紅頭髮的小女孩夢見自己、和晃晃的、葡萄色巴士、跌入海中。被、花皮膚、珊瑚角的生物圍起來。圍成手圈圈。抱著。被保護著。感覺自己像一顆卵。

然後、降落在軟軟、卷的、清朗而遼闊、存在於海底某個躺著的不可思議的巨大生物。他長草的肚子上。

九月往東。在氣根茂密蜉蝣茂密的樹下、幫西瓜商人顧攤子。然後、和十七個、九個兒童、小雞和小狗、圍著看魔術師彈手指。拍手敬禮。學了鴿子魔術。一點海豚語。一點腹語。十月。往東北。住已故雕刻家從前住的海邊小屋。三日。

十月路過大吉與豬助的道具店。窗子灰灰的。屋頂灰灰亮亮。考慮進去還是不進去。想的時候、下雨了。路過製鞋廠、傳說的鬼屋。雨天和、穿聖誕裝、不知道是老先生還是老太太的人一起午餐。吃肉包子、炒麵。找魚湯和咖啡的自助販賣機。掏零錢的時候、有靈感。

十月深夜。往西走。在自助洗衣店等、讀書。有的時候彈吉他。小小聲。有的時候畫新的、皮箱的設計圖。

下午一點鐘。找郵箱和電話亭。十二月回店舖、換掃地機器人看門。戴麵包手套、毛帽、和、短的貓的虎斑尾巴。齒科診所有信來。從前住三樓、海螺合唱團的團長有信來。讀信的時候、掃地機器人像貓一樣、跳。呼嚕。呼嚕。翻肚子打滾。讀信的時候忽然很想吃牛角麵包。

十二月清晨。五點醒。刷牙點爐打燈。等遠方山後面的黑雲。考慮過來、還是分開走。等水開。早餐之後有陽光。帶工具、皮箱眼鏡和書、上屋頂。

拆底。扣鎖和側板。開始做皮箱的第三層骨架、那時候發現有小東西、一個。溜進蠟筆、放螺絲的抽屜。慢條斯理午餐。坐自己帶的、極小極小的折疊椅。有的時候寫字、有的時候抖耳朵。看雲、眼睛圓圓亮亮。

三月裡挑五日。和菇小販、還有綽號水熊蟲的男孩子。三個人交換房子住。

四月出門。背皮箱。釣竿睡袋。穿越軌道、山和吊橋。去看神木看古代魚的畫展。穿越溪。穿越大市鎮。四個五個小市鎮。皮箱由內而外總計、兩百四十三個抽屜。一半是空的。側邊掛鏟子、木杖麻繩。數三十六個小東西在皮箱。抽屜的抽屜。有的睡。有的吵架。

走夜路。聽人談論家和自由還有含羞草的事情。被問起職業和出身。不知道為什麼、編一個、和自己不相干的故事。跑一下、然後跳。看石頭滾。看自己的影子晃晃的。四月清晨。四個、三個小東西溜出皮箱、坐肩膀。其中一個啃蝦米。一個、臉像雲母礦石。

左邊那一個、貼著耳朵、親暱地說、好想變成五色鳥呀。繼續往南。六月上山。下山、進市區找桔梗和家庭餐廳。路過偵探事務所。網球場。在倒映月亮的水窪邊邊、送十五個小東西離開。晃頭晃腦說再見。

## 7

## 球一樣的

七月、下午一點鐘。送一個大家族離開。數四十四小東西、像豆子一樣灑出去。散開。沒入行人車道、電纜灌木溼地、門縫裡。安靜找隱蔽。有的一起過馬路。等紅燈。走走、走一段路分開。有的一起躲蚱蜢。等天黑。

有小東西、回頭看。晃頭晃腦。呆呆的、小小聲、說再見。呼出白白的霧。牙齒卡一點雪。

說再見。感覺以後還會在哪裡遇見的樣子。皮箱裡面有小東西蹉腳、然後說、諸如命運、日常、維持一種活動必須的條件和能量據說、全都是從這裡發現的感覺開始的。

煮宵夜。睡醒、往家的方向走。搭便車。過河。走一日停三日。山後面有星星。山後面有黑色的雲。

十一月。店鋪對面新店鋪開張。賣鍋子。風笛手鼓、鹹魚木魚。也賣家具和木頭。也賣書、種子茶葉。也修理車。電器玩具。店門口擺凳子、藤椅、鋪涼蓆。擺一台黑白電視。星期三五、日、整日播放沒聽過的、冷門節目。
書堆有貓窩。窗台有貓窩。

貓清晨來店的主人清晨來。掃地回信、煮茶烤餅乾。中午走。去十二公里外、印章舖子和墨水店中間、有鳳凰木、有牽牛花小蝦花的空地。幫人顧攤子。掃地、煮茶、回信和打雜。攤子是天空色傘棚、立木牌。有的時候幫人畫家具設計圖。有的時候給流浪動物看病。

十二月。出門的時候、被店門口的黑白電視吸引過去。十三個、九個小東西溜出來看。圍圈圈。畫面慢慢的、晃晃、有的時候有大魚、浪。數、九個人一隻貓、胖胖的。一個不知道是樹還是人的東西和一顆、微發光球體。在海底。圍圈圈。討論要不要解散分開走。

隔年十二月。椅子商人和皮箱、和小東西回家的時候、星期三。黑白電視裡面、圍圈圈的人、貓和樹人、和光球、正要慢慢的、晃晃的、一個一個、由海底往上爬。

## 8

## 小學校的
## 音樂課本

他們不知道寫腳本的人很久很久
以前死去。死去那瞬間汲取出來
的最後的欲念、記憶、思維、存
放於繭一樣的、琥珀色的卵裡。

存放於地下。極大、極大的繭一
樣的、琥珀色卵型機械體裡。很
久以後卵被掩埋。被雪覆蓋。然
後融化、被土流、被灰色的浪帶
走。沉入海。他們不知道那個時
候、黑白電視流浪到高山草原。
養三十六隻黑羊、白羊、牧羊人

的帳篷裡。星期三、繼續播放海的故事。

二月。離家六十公里。在、以甜食和愛生氣聞名的小城住八日。去了瓜工廠。海洋館。在市中心的電話亭裡面量了身高。路過星象屋的時候、被黑磨磨的、螺旋洞的內部、和裡面看火的、臉像壁虎的人、吸引進去。

四月往北。五月早晨。起霧。大風。搭地鐵的時候好像看見窗外面、黑磨磨的、彷彿螺一樣的時空漩渦中。有閃亮亮的、滑滑的東西。游。繞圈。斜斜地直進。往上一下子、消失。

接著去拜訪花木師。和採柿子的女孩子共用一片大芭蕉葉子。躲雨。餓肚子、瞌睡。說一點話。比如、細胞的化學作用與組合一張椅子、本質上相同的地方。清晨。分開的時候、忽然有、想和這個女孩子一起過接下來的人生那種、傷心的、害羞的感覺。

傷心的時候、皮箱裡面有小東西擦鼻涕、頭頂胡椒罐、鹽罐、畫冊、進中央走廊的電梯。用他的長鼻子、按下樓。六個、八個小東西在澡堂。有的時候安靜。有的時候鬧扯蛋。

六月。在白楊森林靠河的邊坡、午餐。睡。想媽媽的事情。

**9**

**松鼠**

**小熊**

**聖誕節**

去傳說的、革命家日常散步、思考的小路。七月穿越山。金色河谷。幫人送唱片、魚乾、到山的另一邊。途中想起來過去、傷心的、失敗的事情。想起來某個環形小巷、尾、二樓的二手書屋。蜥蜴、鈴蟲、性感偶像雙月報。八月。生病、在熱鬧的地方跌倒了、被老奶奶扶起來。

然後在河邊。煎蛋吃。下午一點鐘、路過機場。門口停灰黑灰黑老爺車、種楊桃、山野植物、舉辦拍賣會的白房子。

八月。被說好像有、走平衡木的才能。清晨穿越河谷與山。山的彎路、玫瑰灌木後面、發現鼓。九月回來這個地方。紮營。停三日。考慮往西。北。或者回家。想的時候、組裝鼓。發現自己好像有一點打鼓的才能。

十月回家。打燈掃地。顧店做椅子。賣椅子。睡覺、寫字、畫設計圖。做生日禮物。椅子一個、給布小販、一個給木材商人的女兒。十二月、一月、生意冷冷清清。去一趟隔壁隔壁、隔壁的大市鎮、貼廣告單。看雲。看冷門電視劇的拍攝現場。排隊領免費咖啡。

排隊搭十元摩天輪。看人發呆、搭旋轉木馬。二月清晨搭長途夜車。轉車上山。走路。回去彎路的玫瑰叢、藏鼓的地方。打鼓的時候、背後、右邊左邊、不知道誰躲著聽。有的時候打噴嚏。打呼。有的時候抖耳朵、攪拌湯。

回家。三月。去藏鼓的地方。發現鼓棒換一支。換成核桃木。四月。鼓旁邊多了、豎琴、提琴。風琴三角鐵。音箱和節拍器。多三棵道具小樹。掛油菜、燈泡。擺假岩石。靠近的時候空中便會飄雪。然後遠遠傳來、好像、龐然大物睡醒了、嘎咕嘎吱伸縮關節的聲音。

六月。不知道誰和誰、把鼓、樂器、道具樹和假岩石、移去附近的山洞。八月清晨。鼓消失。樹和油菜、杯子鉛筆、胡琴消失。九月。山洞消失。走路下山、轉車、搭長途夜車回家的時候、感覺好像做了一個奇怪的夢。感覺意識和身體有的時候是不是不在同個時空線上。

## 10

## 平衡木

在那之後過三年。九月清晨開店的時候。發現屋頂有黃色的大包裹、不知道誰、什麼時候、放上去的。包裹是歪歪的四方體。靜靜的。呆呆的。

裡面裝鼓。胡琴。名字裡面有個鹿字、小學校的音樂課本。體育課本、糖果鼓棒、核桃木吉他。舊舊的、很好看。吉他的背板有麻雀猴子的腳印。

七年、又三個月後、椅子商人離開這個世界、變成影子變成雲。白灰白灰的霧。小東西、牙齒縫卡的雪。二月清晨。不知道誰和誰偷偷的拿走鼓、和吉他。把他們送回舊時的山腰、玫瑰的灌木叢。淋雨、曬太陽。睡。有的時候吹風。打響板。有的時候靜靜的。呆呆的。

三月上路。帶皮箱、水果和書、小收音機。穿越街區、後巷、廣場。地下水道。在倒掉的牆、找到一個小東西。昏睡。餓、身體冷。撿起來放手帕、輕輕搓。放皮箱的暗袋。繼續走。四月、穿越山。河谷。到齒科診所。門掛牌子、寫出診。樹屋那邊有短尾巴、一下子不見。

四月。夜。幫迷路的狗找回家的路。一起淋雨曬太陽。看橋。河流、看人走路。看車子跑。狗是茶色、短毛。耳朵是小三角形。

回正路。山後面有黑的雲。卷卷的、呆呆的。八月傍晚沿燈河、火炬和兒童的竊竊聲。上山。好像看見刺蝟。蛇。下山。往左、右、斜斜地直進。沿燈河走。八月。清晨。好像被催眠似的、跟著撐紅傘的人走一段路。回過神來人消失。天黑。不知自己身在何方。

在那之後一個月。想說話便會打嗝。抬左腳、便會眨眼睛。思考的時候空中便會出現打地樁、敲筷子的聲音。

皮箱裡面有小東西說、那一定是因為黃瓜和胡椒吃太多的關係。另一個小東西抖腳。接著說、那一定是因為、被海獅思念著的緣故。

## 11

## 榆樹

## 森林

十月回家。帶茶壺、杯子、和烤魚。上屋頂自己過生日。十一月的星期日。按照約定等、背著法國號旅行的人。過來借住。學兩種、一種、做椅子的方法。十二月。清點庫存積蓄。去隔壁、隔壁、大城市的醫學中心。排隊領藥。十二月清晨、寫遺書。三分封裝。又撕掉。

隔天、買了中古電鍋。洗衣機。買樹苗。下午一點鐘拖著棒棒糖樹、船的錨和枯木和冰淇淋機、回店鋪的路上被極大、極大的綠烏龜載一程。然後和龜背上的煙火商人、交換電話。信箱地址、買鼻子眼鏡。橘子水。紫蘇和連環漫畫。

四點鐘到家。在門口、晃一下、跳。偷偷看。躲電線杆後面。等天黑。不知道為什麼沒進去。往東、穿越山丘、借道、熟識的蔬菜店、動物學家合租的六樓工作室。繼續往東、速度很慢很慢。

十二月。拿樹苗、交換磨豆機、錢。咳嗽藥。十二月最後一天、換熱食。花生三明治。拿鼻子眼鏡、破鞋子、冰淇淋機、換臥鋪列車的票。傍晚。路過野地音樂會。坐最後排、走道位置。看台積水。四個人調音。觀眾席空空的。看台背後、有黑色的雲。往西、西北、速度很慢很慢。

找車站的時候、後面不知道誰呼嚕呼嚕喘氣。抬著灰黑灰黑。方方的、歪歪晃晃的東西趕上來。

想起來那是隔壁隔壁、店舖斜對面二十四小時五金行。平時。經常在五金行門口晃晃、畫圖、閒扯蛋、腳大。像毛猩猩、像男孩子的女孩子。把皮箱、水壺、毯子、塞給椅子商人。然後走開。走的時候回頭、跳、一下子。好像在說話。聽不見。好像在生氣不知道為什麼。

在那之後想起這件事、就會哭。不知道為什麼。

二月往南、去天文台。路過皮影戲、小馬旅館。穿越河谷、到山頂。找安靜的地方午餐。生火。拉筋洗澡。星期日往東。去以科學家和烏鴉聞名的城市。看市政廳、婚禮和大老鼠、灰老鼠的後巷。看怪手拆房子。

看的時候、兩個小東西、從皮箱左、六乘六格、抽屜的抽屜溜出來。拉繩、拉斗篷。跳。兩個小東西一個是東方的少女。一個是不會長大的幼小的獸。少女是圓臉、短瀏海。獸是海星蹼、海狗身體、扇子尾巴。短毛。眼睛圓圓亮亮。少女背的皮箱、和自己背的皮箱一模一樣。

兩個小東西看天空。一個舉手、比數字一個甩尾巴。少女點頭、獸搖頭、不知道什麼意思。少女拉繩。把獸塞進斗篷裡。跳、往東南。接著往南走。

穿越行人燈號。車。鐘樓和私人花園。穿越山。纜車站月台。找白毛狗鼻子巴士。搭便車。穿越書堆、輪胎、火箭研究所還有罐頭工廠。夜、少女讀書獸睡覺。三月清晨。樹下、醒的時候、兩個小東西已經走遠、不知道去哪裡。

## 12

## 感覺

## 還會在哪裡

## 再遇見

他不知道睡的時候、三個四個、小東西、和他說再見。其中一個聲音像鐵一樣沉。一個往北。一個是藍皮膚、離開的時候口袋裝梨子。長高藥。穿小熊裝。一個爬樹、躲葉子後面。等天黑。等椅子商人醒。刷牙打包、洗腳。靜靜的、呆呆的、目送他離開。

四月。發現、寫字的時候左腳拇指、會不自主的抖動。發現、遺失的東西深夜返還壞掉的東西修好又壞掉。五月往南、東南。去從前去的地方、看風景。人。燈籠店和老農夫的拖拉機。有的時候和陌生人說話。有的時候寂寞害羞、有的時候學教訓。

下午一點鐘。送二十一個小東西離開。剩的鹽和胡椒和玉米、約莫還能煮一湯。皮箱裡面有小東西打毛線。有小東西以為自己、和鬼魂對話了。皮箱空空的。可是不知道為什麼背著、覺得重。

五月清晨、搭車。找二號車廂。出閘門。走路三天半、進榆樹森林。過山洞和月台沿河走。走的時候、往上、看樹葉間隙裡碎碎小小的天空。是紫、枇杷、菖蒲色。前方山坡有休息的鹿。有的時候、後面有卷笛的聲音。

兩點鐘。發現小屋子。裡面有床有壁爐、衣架、船槳和椅子。斜屋頂兩邊不對稱。左邊的窗子比右邊矮。門歪歪的。信箱歪歪、立在屋頂上。椅子商人、坐一下子、喝水。上屋頂看一下、坐。繞兩圈。走之前修好椅子。開皮箱。開、瑪莉安星星船的航行日誌。穿鞋、喝水。信放桌上。

六月。在、離家五公里的芒草路上。看風箏。看小學生的拔河比賽。去常去的玩具店、抽獎。買冰棒。然後不知道為什麼、買一個小豬撲滿。抱著撲滿和小松菜走的時候想、如果有下輩子可不可以變成鰻魚。瓶蓋。變成一個水池。傍晚到家。點爐打燈。煮茶的時候起霧、下大雨。

書:始於渺小
作:無常言葉集
New Taipei City, Taiwan
https://mujokotoba.webnode.tw/

CPSIA information can be obtained
at www.ICGtesting.com
Printed in the USA
LVHW042304090919
630431LV00005B/28/P

9 780464 266303